"Si juzgas a la gente, no tienes tiempo para amarla"

Madre Teresa de Calcuta

Dedicatoria

Este libro está dedicado en primera instancia a Dios, que cada día me entrega una nueva oportunidad para tratar de hacer mejor las cosas y que, en cada ocasión verdaderamente importante, me recuerda que está ahí para mí, aunque yo no siempre me acuerde de ubicarlo a él como la prioridad más importante en mi vida.

En segunda instancia a mi familia, mi esposa Johanna y mis hijos Andrés y Elena, que me hacen sentir afortunado y orgulloso al levantarme cada mañana y constituyen mi principal motivación para esforzarme cada día. También a los peques, porque nadie me recibe con tanta alegría y emoción luego de ausentarme por sólo 10 minutos.

A mi familia más amplia: mis maravillosos padres, siete hermanos de los cuales mi hermana Mari me acompaña con mis papás desde el cielo y me hace falta cada día. Sus cónyuges, mis sobrinas y sobrinos, sus respectivas parejas y, más recientemente, sus hijos. También a la familia de Johanna, que ocupa un lugar importante en mi corazón. Todo un tropel de gentes con diferentes personalidades, que se juntan para conformar una de las mayores bendiciones que he recibido.

Mis amigos, de los cuales no puedo dejar de destacar a Allen, a quien no dejo de admirar por su sencillez y calidad humana. También a mi amiga Karol, quien me ayudó a descubrir mi afición por la escritura y fue un extraordinario apoyo en una parte muy importante de mi vida.

Finalmente, a Don Francisco de Paula Gutiérrez (Guti), uno de los mejores profesionales y seres humanos que he conocido, y quien se suponía debía escribir el prólogo de este libro. Ahora muy seguramente estará entreteniendo a Dios con su conversación amena y fascinante.

Contenido

Sueños de Redención 1
Déjà vu 7
Réquiem para un extraño 24
Un destello en la oscuridad 27
La mujer más hermosa del mundo 35
El Ángel de San Rafael 38
El hombre del saco 59
Curvas peligrosas 70
Un regalo del cielo 84
El hombre en el espejo 102
Amigos para siempre 132
El cuarto del tesoro 141
Dj Fénix 151
El hijo del viento 159
El inquilino 169

Sueños de Redención

Cuando Rodrigo comenzó a retirar la cortina metálica que protegía su pequeño negocio, la ciudad apenas despertaba. A esa hora de la mañana parecía casi impensable que aquellas calles desoladas, anegadas por el rocío de la noche y en las cuales podía escucharse el trinar alegre de los pájaros, sería pronto secuestrada por una multitud de gentes apresurándose por llegar a su trabajo, un ruido ensordecedor de conductores esperanzados en que el sonar de sus bocinas pudiera operar el milagro de despejar el terrible tráfico matutino, y un sinfín de ventas ambulantes entre las cuales los pósters de los jesucristos resucitados de ojos azules y largas cabelleras, competían por el favor de los clientes con las divas de piernas largas, glúteos de redondez perfecta y tetas de silicona.

Un instante después, Rodrigo se desplazó con esfuerzo a través de la pequeña portezuela debajo del mostrador, y al incorporarse del otro lado presto a recibir a sus primeros clientes se llevó un tremendo sobresalto al encontrarse de frente con aquel particular personaje.

Entre las greñas de un cabello sucio y desaliñado que posiblemente no recordaba hace ya mucho tiempo lo que podrían ser el peine y el jabón ni mucho menos el shampoo, unos ojos vivaces e inquietos sobresalían en un rostro demacrado, manchado por la suciedad y en el cual se dibujaba una sonrisa de dientes podridos y escasos, que a pesar de lo macabro de su aspecto reflejaba una infantil inocencia.

Una vez que logró recuperar el aliento, Rodrigo lanzó una cariñosa reprimenda:

- Qué putas diablos es lo que pasa contigo Cala, un día de estos me vas a matar del susto.

- No me diga eso mi patroncito, usted sabe que usted es como un tata para mí y que primero me muero yo, antes que dejar que a usted me le pase algo.

- Bueno, bueno, la próxima vez hábleme cuando llega para que no me agarre desprevenido. Vea que aunque yo lo aprecie mucho, encontrárselo a usted de pronto no es igual que encontrarse a Nicole Kidman.

- Está bien patroncito, es que todavía ando un poco averiado y quería ver si usted me regala alguito para apagar este fuego que siento en la panza y poder echarme un tapiz pa´quitarme la goma.

- Si ya sé Cala, pero ya le he dicho muchas veces que usted tiene que dejar esa vara de la piedra porque esa mierda lo va a matar.

- Sí patroncito, va a ver que a partir de hoy ya no le voy a entrar a esa vara.

- Ese cuento lo vengo escuchando hace como tres meses pero ojalá que esta vez sea cierto.

- Va a ver que esta vez sí patroncito, va a ver que esta vez va en serio.

Rodrigo sacó una caja de leche pequeña del refrigerador, cogió con una servilleta una porción de queque seco del mostrador y tomó algo de efectivo de la caja registradora y se los entregó a su peculiar compañero. Cala los recibió, se tragó de un bocado el queque, profirió, aún con la boca llena, un par de bendiciones ininteligibles y se alejó de allí con un caminar poco coordinado y zigzagueante.

Pocos segundos después llegó Cristina, la compañera de Rodrigo, que al ver alejarse a Cala no desaprovechó la oportunidad para recitarle a Rodrigo su acostumbrado reclamo:

- No puedo creer que vayas a seguir alcahueteando a ese malviviente. Es que acaso no te das cuenta de que ese vago no tiene remedio y que lo único que estás haciendo es ayudarlo para que vaya a comprar piedra y se hunda más.

- Puede ser que tengas razón, pero a mí me gusta creer que él realmente quiere cambiar y si eso algún día pasa, entonces voy a darle gracias a Dios por haberlo puesto en mi camino y haberme permitido ayudarlo.

- En verdad que no puedes ser más tonto, tantos años aquí viviendo cada día la misma historia y no has aprendido nada de cómo funcionan las cosas en este mundo de mierda.

Rodrigo trató de pensar en algo que le permitiese refutar la lógica implacable y mordaz de su compañera pero no encontró respuesta. Afortunadamente, la ciudad comenzaba a despertar y el pasar de los clientes que se detenían a comprar cigarrillos y golosinas los mantuvo lo suficientemente ocupados para no tener que hablar más sobre el tema.

A unas pocas cuadras de allí, Cala se había detenido a buscar el remedio para el fuego que le quemaba las entrañas y que, claramente, no podía ser atendido con una caja de leche que ya hace mucho tiempo no formaba parte del inventario de bebidas admisibles para su metabolismo.

El lugar que Cala había elegido para buscar su elixir de salvación era un antro estrecho y oscuro al cual se accedía por un estrecho pasillo ubicado entre una verdulería y una pescadería y que perfectamente podría pensarse que conducía a una dimensión paralela. Al llegar a él se penetraba en una atmósfera de humo y vapores etílicos que se te pegaban en el rostro como si se tratara de una delgada cortina.

Muchos de los personajes que se daban cita en aquel lugar parecían copias al carbón de nuestro amigo Cala, en cuyos rostros se reflejaba una desesperación por ingerir lo más pronto posible algo que los alejase cuanto antes del riesgo de caer en la sobriedad y enfrentarse a los horrores de la consciencia sobre su vida actual. Algunos de ellos yacían inconscientes en unas sucias bancas de madera o en el piso sin que fuese posible determinar a simple vista si estaban vivos o si habían logrado por fin escapar para siempre de sus pesadillas.

Cala, sin embargo, se encontraba decidido, una vez más, a cumplir con su eterna promesa de salir de aquel infierno en que se encontraba atrapado desde hacía siete años, así que sólo ingirió lo necesario para evitar el desasosiego físico y mental que siempre provoca el inicio del proceso de desintoxicación. Luego de tres mechazos de un aguardiente de fabricación artesanal, se alejó del lugar con el fin de comenzar a procurarse el sustento del día.

A sólo un par de cuadras de aquel sitio se encontraba el lugar donde muchos de los indigentes habituales y alguna que otra ave de paso, empeñaban cada día lo mejor que su miserable vida pudiese proveerles, a cambio de unas piedras de crack. Al pasar por la acera de enfrente un escalofrío recorrió toda la humanidad de Cala como si sintiese que unas garras huesudas invisibles tratasen de retenerlo y obligarlo a rendir tributo a su demonio interno. Cala sacudió la cabeza, se frotó rápidamente las manos y aceleró el paso procurando dejar atrás sus pensamientos.

Unos trescientos metros más abajo, se instaló en un cruce de semáforos y comenzó a buscar el sustento de la única forma en que sabía hacerlo a estas alturas de su vida: tratando de inspirar compasión entre los conductores que conducían sus vehículos por aquel cruce de vías.

Al acercarse el mediodía la situación no pintaba muy bien para Cala, la mayoría de los conductores se apresuraban a subir la ventana de sus vehículos tan pronto lo veían acercarse y trataban de aparentar que no se habían percatado de su presencia. Algunos pocos le obsequiaban una moneda o dos y, muy rara vez, tenía la suerte de encontrarse con un obsequio más valioso como la sonrisa de algún niño que lo miraba por la ventana y le sonreía, proyectándole una luz de esperanza sobre la posibilidad de volver a formar parte algún día del mundo de las personas, en lugar de aquel submundo de espectros en el que parecía ubicarse ahora.

Un par de horas más tarde comenzó a llover fuertemente y la situación se puso cuesta arriba; todos los vehículos circulaban con las ventanas arriba y nadie parecía tener ningún interés de bajarlas para entregar su generosidad a Cala. El hambre y el frío comenzaban a acechar y la imagen de las garras huesudas comenzaba a transmutarse en unas manos suaves y seductoras que prometían abrigo y consuelo a través del viaje hacia la inconsciencia. Instintivamente, Cala buscó entre sus partes nobles la bolsa plástica en la guardaba el producto de la compasión inspirada y comprobó que lo obtenido era suficiente para dos piedras y una cuarta de aguardiente.

Todo parecía indicar que hoy no era el día para salir del abismo. Unas decenas más de miradas despectivas lograron convencerlo de aceptar su lugar en la vida y regresó cabizbajo a buscar el consuelo anhelado.

Al acercarse la medianoche, Cala se acurrucó entre los pocos cartones que había logrado conservar a salvo de la lluvia, encendió la segunda piedra y se dejó caer en el abismo cálido y tibio de la inconsciencia.

Al abrir su negocio la mañana siguiente, Rodrigo estuvo esperando su acostumbrada visita, pero Cala nunca se apareció.

Alrededor de las diez de la mañana una de sus copias al carbón pasó por ahí y le dijo:

- *¡Mi hermano, viste que se echaron a Cala!*
- *No lo sabía, pero desde temprano tenía un mal presentimiento, ¿qué le pasó?*
- *Parece ser que se quiso hacer el tonto con una plata que le debía al mae de la piedra y amaneció en un charco de sangre con cuatro puñaladas entre pecho y espalda.*

La compañera de Rodrigo, que no había perdido pista de la conversación, una vez que se alejó el clon de Cala se apresuró a decir:

- *Ves, te dije que no podías ser más estúpido alcahueteando a ese malviviente que no tenía salvación.*

Rodrigo no contestó, respiró profundamente y, ocultando una lágrima solitaria, pensó que después de todo quizá Cala sí había logrado al fin escapar de ese mundo de mierda y que ahora el Creador podría concederle la bendición de recuperar su humanidad e integrarse a la divinidad de la que todos provenimos y a la cual nos corresponderá regresar algún día.

Déjà vu

Era una noche fresca de verano, Robert estacionó su lujoso vehículo a un par de calles del sitio elegido para cenar y, ante las miradas curiosas de los pasantes que admiraban aquella hermosa joya de la tecnología, las dos parejas descendieron del vehículo e iniciaron su corta travesía por la Calle de los Olivos.

Aquel era un barrio elegante y sofisticado, poblado de pequeños cafés y restaurantes a los que sólo asistían aquellos para quienes el deseo de exclusividad y estatus eran mucho más importantes que la racionalidad y el sentido común y, por tanto, no encontraban reparo en derrochar algunos cientos de dólares en una comida para la cual era también más importante su apariencia que su sabor.

En todo caso, ello no importaba mucho, pues la gran mayoría de los comensales sólo deseaba verse bien durante la cena, e ingerir quizá un pequeño bocado que no martirizara demasiado su consciencia ni les atemorizara tanto en cuanto a sus posibles efectos sobre su figura, como para decidirse a vomitarlo unas horas más tarde.

Mientras caminaban por ahí, Robert y sus amigos irradiaban belleza y distinción. Los trajes, los abrigos, los zapatos, la joyería, los peinados, el maquillaje y todo lo demás, encajaba perfectamente con la imagen del éxito definida para nuestra sociedad por los programas y revistas de la farándula.

Cada uno de ellos transpiraba éxito y glamour, aunque su desesperado afán por encajar y por obtener la admiración, o mejor aún, la envidia de los demás, los mantuviera condenados a sentirse siempre a punto de alcanzar todo lo necesario para ser felices, pero sin llegar nunca a ese nivel que se movía siempre un peldaño hacia arriba.

Habitaban en el círculo del infierno terrenal reservado para los superficiales, que nunca lograrán disfrutar del éxito obtenido hasta que el mundo se acabe y no existan nuevos objetos de deseo por alcanzar. Sin embargo, eran reyes y reinas del baile de graduación, y eso era lo único importante para el mundo exterior en la Calle de los Olivos.

Entre coqueteos y carcajadas caminaban despreocupados por la hermosa calle de adoquines que resguardaban grandes jardineras de barro con veraneras, geranios y otras flores multicolores.

Robert se separó un instante del grupo para ajustarse las cintas de sus zapatos y, al apoyarse en una de las jardineras del borde del camino, se sobresaltó al observar que a pocos pasos de él se encontraba una figura que hurgaba con sigilo en los botes de basura colocados lejos de la vista de los pasantes.

Luego del primer sobresalto, Robert se sintió por alguna razón atraído hacia esa figura que contrastaba drásticamente con aquel entorno de glamour y distinción y que, a pesar de producirle una fuerte sensación de temor y repulsión, le inspiraba a la vez lástima y curiosidad.

Un par de segundos después, sus amigos se acercaron para observar qué era lo que había distraído a Robert y, al mirar al hombre de barro que revolvía las bolsas de basura, la pareja de Robert se asustó y gritó: *"policía, policía, vengan rápido que hay un delincuente."*

Los gritos de la hermosa señorita asustaron al pobre hombre que, anticipando la golpiza que le esperaba de parte de los guardas de seguridad privada de los restaurantes vecinos, trató de ocultarse detrás del depósito de basura.

Sin embargo, el escondite no resultó efectivo y pronto dos enormes gorilas le cayeron encima a bastonazos y lo hicieron salir de allí para sacarlo a la rastra de la Calle de los Olivos en la que, evidentemente, su presencia no podía ser permitida.

Mientras los gorilas lo sacaban a empellones del lugar, el hombre de barro levantó la mirada y, al dirigirla con desprecio hacia los modelos de revista, reparó en el rostro de Robert durante una fracción de segundo. Entonces, un brillo de sorpresa y admiración le destelló en los ojos inyectados de rojo por la rabia y las secuelas de la droga y, rápidamente, agachó la cabeza con vergüenza tratando de esconderla entre sus hombros.

En esa misma fracción de segundo, los hermosos ojos azules de Robert se encontraban con la mirada de aquel indeseable visitante y también en ellos se producía un destello de sorpresa y turbación, pues el sentimiento inicial de desprecio y temor, se le había disipado de pronto ante la misteriosa sensación de encontrarse de repente con una presencia cercana y amada, pero al mismo tiempo desconocida.

De alguna forma, Robert sentía en sus entrañas la certeza de haberse visto reflejado antes en la profunda mirada de ese hombre de barro, pero reconocía al mismo tiempo que aquello era absolutamente imposible.

Durante la cena, Robert estuvo disperso y no lograba seguir el hilo de las conversaciones banales de sus compañeros de mesa. A pesar de que su pareja se esmeró en utilizar todos sus recursos para alejarlo de su repentina turbación, no logró generar mayor reacción en él, ni siquiera cuando le frotaba los genitales con su delicado pie por debajo del mantel.

De regreso a casa, Robert ni siquiera logró reunir los ánimos necesarios para aceptar la oferta de sexo y desayuno en la cama con que trató de conquistarlo aquella chica de alucinante belleza. Su mente continuaba empecinada en resolver aquel enigma del extraño personaje cuya mirada le había evocado una súbita ilusión y alegría que seguía sin poder explicar ni entender.

Incluso ahora, al repasar la experiencia en su cabeza, el temor y la repugnancia hacia aquella presencia sucia y maloliente, no lograban superar a la curiosidad y el interés por acercase a ella y descifrar el misterio de su magnetismo.

Luego de muchas horas luchando por conciliar el sueño, y con la ayuda de no pocas píldoras para dormir, Robert fue cayendo en un pesado letargo en el cual seguía visualizando aquella mirada profunda y llena de serenidad, que poco a poco se iba tornando más joven hasta que finalmente se le reveló con absoluta claridad en su interior, acompañada por aquella voz infantil que le llamaba en su sueño.

Como si se tratase de la sucesión de múltiples escenas de una película en cámara rápida, fueron desfilando ante sus ojos incontables recuerdos de paseos en bicicleta, mejengas en el Cole, lanzamiento de piedras al techo de la vecina gruñona, torturas de lagartijas, competencias de eructos, asalto a los sembradíos de fresas cercanos, y muchas otras anécdotas durante las cuales esos ojos y esa risa habían estado allí para buscar juntos la alegría, calidez y sentido de pertenencia que no era fácil encontrar en sus familias de fantasía, siempre dispuestas a suplir cualquier capricho material, pero nunca con el tiempo suficiente para dedicarles un espacio en su ajetreada agenda laboral y social.

Aquella sensación fue como un latigazo que le hizo despertar sobresaltado, atrapado por sensaciones mixtas de entusiasmo y desesperación.

Ahora comprendía con claridad la razón de su turbación.

Ahora reconocía la ilusión y el amor inspirados por aquel extraño hombre de barro. Ahora lo embargaba la angustia y la desesperación por saber cómo era posible que su alma gemela, su amigo y hermano de la infancia, su compañero y cómplice de travesuras en el Colegio Americano y el Country Club, se hubiese transformado en ese indigente.

Robert recordaba como si hubiese sido ayer, el día en que se despidió de su amigo compartiendo el último pucho de marihuana en el cobertizo de su casa. Ambos habían cumplido escasamente los 15 años y al padre de Robert lo habían designado como embajador en París, con lo cual se cumplía a su vez el sueño de su madre de establecerse en una ciudad donde tuviese el espacio necesario para desplegar toda su clase y glamour.

Al regresar, luego de cuatro años, Robert se había enterado de que la casa de su amigo había sido vendida y no había nadie que fuese capaz de darle una idea de su nueva dirección. En aquel residencial de ensueño, todo a lo que podías aspirar era que tu vecino de al lado pudiese tener una idea del auto que conducías o lo que hacías para vivir. Por ello, lo único que pudo saber fue que el médico del BMW serie 7 había fallecido hacía poco más de un año y que su familia se había marchado de Golden Valley tres meses después.

Ahora, luego de 15 años sin ninguna señal de su amigo, venía a aparecerse aquel extraño espectro que por algún sortilegio inexplicable parecía haberse apoderado de su mirada.

No había tiempo que perder, debía ir inmediatamente a la comisaría para averiguar qué habían hecho con el hombre de barro e interrogarlo para desentrañar el misterio.

A las 4:15 a.m. llegó a la delegación de policía con sus pijamas de seda y pantuflas de cuero y exigió conocer el paradero del sujeto que habían detenido en la Calle de los Olivos.

Con cierto grado de ironía, el oficial de turno le hizo saber que su descripción del sujeto podía encajar con cualquiera de los más de 150 adictos que hurgaban cada noche en los basureros de la zona, en busca de desperdicios de comida para calmar los ácidos estomacales o de algún material reciclable que vender para comprar piedra.

Indignado, Robert solicitó que le mostraran a todos los sujetos que habían detenido la noche anterior, esperando identificar entre ellos al espectro de la Calle de los Olivos.

Una vez más, el oficial le hizo comprender que todas las celdas de la delegación serían insuficientes para custodiar a los culpables del delito de hurgar en los basureros y afear el paisaje.

Por tanto, lo más posible era que el castigo para aquel sujeto hubiese sido una buena paliza por parte de los gorilas que contrataban los propietarios de los restaurantes de la zona, para hacerle entender a los indigentes que ese no era un buen lugar para buscar su sustento.

Robert, que en cualquier otro momento de su vida habría considerado esta práctica como un correctivo necesario, no podía asimilar ahora la idea de que el hombre de barro con la mirada de su amigo hubiese sido víctima de una golpiza propiciada por la frivolidad de su pareja.

En cualquier caso, era necesario encontrar la forma de dar con ese hombre y por ello, no tuvo más remedio que reprimir su arrogancia y apelar a la sabiduría del oficial de turno para que le ayudase a identificar el mejor sitio para iniciar su búsqueda.

El oficial le brindó un par de sugerencias, pero le advirtió también que sería suicida acercarse sólo y vestido de esa forma por los sitios indicados. Asimismo, le explicó que algunos de los tipos que encajaban en la descripción de Robert, se comportaban como vampiros escondiéndose durante el día en alcantarillas, edificios abandonados y otros sitios donde disfrutaban de la dulce inconsciencia o combatían contra las alucinaciones producidas por la droga. Por esa razón, lo más conveniente era que regresara ahora a su casa y que retomara su búsqueda durante la noche con el vestuario y la compañía adecuada.

De mala gana, Robert regresó a su casa y luego de darse una ducha se dirigió a su bufete, le pidió a su secretaria que cancelara todas sus citas y trató en vano de distraer su mente con alguna lectura liviana; luego contactó a uno de los investigadores privados que a veces contrataba para que le ayudase a capturar infraganti a algún marido o esposa infiel para efectos de algún juicio de divorcio, y le pidió encontrarse con él a las 8:30 p.m. en la Calle de los Olivos para emprender juntos la búsqueda del hombre de barro.

A sólo unas pocas calles de distancia de aquel sitio de ensueño, el paisaje cambiaba drásticamente y se transformaba en un laberinto de pequeñas callejuelas, lotes baldíos enmontados, casuchas y ruinas de edificios abandonados, en los cuales algunos indigentes se disputaban ferozmente algunos cartones sucios en los cuales echarse a dormir la resaca, o se acurrucaban para fumar una piedra de crack procurando no dejar escapar ni un hilito de humo.

Luego de casi dos horas de conducir muy lentamente por las angostas y oscuras callejuelas de la zona, Robert se sentía completamente desanimado. Se daba cuenta de que era completamente incapaz de distinguir entre un hombre de barro y otro. Todos los que deambulaban por allí parecían exactamente iguales ante sus ojos y comprendía que la probabilidad de encontrarse nuevamente de frente con aquella mirada conocida era de una en un millón.

Abrumado y derrotado por este pensamiento, le pidió a su compañero que lo sacara de ese mierdero lo más pronto posible, decidido a enterrar esa absurda fantasía en el olvido. Al fin y al cabo, qué iba a hacer él si llegaba a encontrar a su amigo de la infancia atrapado en el cuerpo y en el mundo de ese espectro.

Alentado por esa petición, su compañero aceleró el vehículo para salir de allí lo más pronto posible, y fue entonces cuando ocurrió lo impensable.

Al llegar al cruce de la siguiente calle, el chofer pisó fuertemente los frenos para evitar arrollar a un indigente que se había atravesado en su camino y, cuando éste extendía sus manos hacia el frente como pretendiendo instintivamente detener el vehículo que estaba a punto de atropellarlo, Robert quedó como petrificado al contemplar unos profundos ojos negros que miraban asustados al hombre que había estado a punto de quitarle la vida.

En un instante, el indigente volvió su mirada hacia el asiento del copiloto y, al encontrarse con la presencia de Robert, sus ojos transmitieron un destello de asombro antes de agachar la cabeza en actitud de vergüenza y huir a toda prisa por el callejón.

Robert saltó entonces fuera del auto y, antes de que su compañero se percatara de ello o pudiese intentar detenerlo, corría a toda prisa por el callejón tratando de alcanzar al hombre de barro. Unos ciento cincuenta metros más adelante, el indigente ingresó por un pasadizo abierto en un edificio en ruinas que conducía a un gran lote baldío y él lo siguió sin pensarlo dos veces. Sin embargo, el perseguido era demasiado rápido para Robert y pronto se alejó fuera de su alcance.

Con un triste sentimiento de impotencia, Robert detuvo su carrera, dejó caer los brazos agotados por el esfuerzo y la frustración, y emprendió el regreso hacia su coche. Sólo entonces se percató de que no estaba solo y de que ahora el camino de regreso se encontraba custodiado por un considerable número de malvivientes que parecían ansiosos de cobrarse el botín que posiblemente portara aquel inusual visitante al barrio "El Infiernillo".

Un instante después, un círculo conformado por unos doce indigentes comenzaba a cerrarse poco a poco a su alrededor y Robert se daba cuenta de lo estúpido que había sido al internarse por ese lugar sin ninguna protección. Le preocupaba además que sus captores no se dieran por satisfechos con su Rolex de oro y su pluma Mont Blanc que era todo lo que portaba de valor y que decidieran agredirlo física o sexualmente para desquitarse su malestar.

Cuando el círculo se había cerrado casi por completo, Robert, absolutamente dominado por el terror, apretó fuertemente los puños y cerró los ojos esperando que algún milagro pudiera sacarlo de aquella situación. En ese momento, una voz que se acercaba gritó: *"Suave hijueputas yo respondo por ese mae"*, *"Que caiga con la plata pero que nadie lo joda"*.

Robert abrió los ojos, se desprendió agradecido de su pluma, su reloj y sus mancuernillas de oro para entregárselas al más cercano de sus captores y se apresuró a alcanzar a su salvador que le esperaba de mala gana para escoltarlo fuera del Infiernillo. Al llegar junto a él, lo abrazó con fuerza y le dijo:

- *Gracias Michael, yo sabía que eras tú; me has salvado la vida.*

- *No hay problema Robert, me alegra ver que te va bien, pero este lugar no es para ti. Salgamos de aquí antes de que te maten.*

- *De acuerdo, pero tú vienes conmigo.*

- *No seas estúpido Robert, tú no me conoces, ya no soy tu excompañero de Colegio.*

- *Eso no es cierto, tienes que dejarme ayudarte.*

- *Y quién te ha dicho que necesito ayuda pedazo de burgués inútil. No hay mejor lugar que este para mí. Si quieres ayudarme sólo lárgate de aquí y no se te ocurra aparecer nunca más.*

- *Pero qué rayos te está pasando Michael, al menos déjame entender por qué no quieres permitirme que te ayude. Mírame, soy yo, Robert, tu hermano del alma, o acaso has olvidado que juramos ser amigos hasta la muerte.*

Al escuchar estas palabras, pronunciadas por su amigo de la infancia de una forma que parecía sincera, la mirada de Michael destelló por un instante con la ilusión y la energía que conociera en otros tiempos, pero ese fugaz entusiasmo desapareció casi de inmediato como si fuese incapaz de soportar el peso de su atribulado espíritu. Entonces, tomó a su amigo con fuerza por el hombro y le dijo:

- *Maldita sea Robert, no estamos en el Country Club, si no te vas de aquí, vas a hacer que nos maten a ambos, ya bastante problemas voy a tener para explicar cómo putas puedo conocer a alguien como tú. Por favor vete.*

- *Lo siento Michael pero no puedo, no puedo aceptar que me pidas que te deje aquí sin que me permitas ayudarte.*

- *De acuerdo, si quieres ayudarme entonces vamos a hacer un trato. Yo voy a acompañarte a un sitio más seguro y allí escucharás la historia que tengo para contarte.*

- A cambio, debes prometerme que una vez que escuches esa historia, vas a hacer lo que yo te pida sin importar lo que sea y sin cuestionar nada de lo que pida.

Robert, trató de meditar un instante sobre la propuesta de su amigo, pues no se sentía capaz de aceptar una decisión de Michael que lo obligase a dejarlo abandonado en aquel mierdero del que tanto se resistía a salir. Por otra parte, sabía que la propuesta no estaba abierta a negociación y que era su última esperanza de encontrar una forma para recuperar a su amigo. Con un nudo en la garganta y lágrimas en los ojos, abrazó con fuerza a su amigo y le dijo: *"Tienes mi palabra, escucharé tu historia y luego haré lo que me pidas"*
- Gracias Robert, entonces vamos al viejo hipódromo para una última historia.

Los dos viejos amigos se reencontraron entonces en el hipódromo, luego de unos veinte minutos de viaje en coche, durante los cuales el chofer no dejaba de mirar a aquel extraño pasajero sin comprender qué extraño azar del destino podría tenerlo sentado en el asiento trasero al lado de Robert.
El lugar no parecía haber cambiado mucho desde que Robert y Michael lo frecuentaran quince años atrás, cuando, bajo el consuelo de un pito de marihuana, iban a llorar en silencio la soledad y la miseria afectiva que sufrían en medio de aquel mundo de opulencia.
Sin embargo, Robert temía que las historias tristes de la adolescencia pudiesen parecer cuentos de hadas a la par de la revelación que pronto tendría que escuchar.
Michael miraba con nerviosismo hacia los lados, como queriendo asegurarse de que nadie más pudiese escuchar

aquella verdad que nunca antes había salido de su boca y que estaba a punto de dejar aflorar para su amigo.

Buscando las fuerzas necesarias para iniciar su historia, apretó fuertemente sus ojos y sus puños, sacó una pequeña botella del bolsillo de su andrajosa chaqueta y tomó un sorbo de algo que parecía alcohol de fricciones. Luego, aclaró su garganta con un par de carraspeos y comenzó a hablar:

- *Escúchame, Robert. La historia que te voy a contar inicia con la muerte de mi padre, dos años después de que tu familia se fue para París.*

Como habrás de suponer, no fue nada fácil para mi madre sobrellevar la pérdida de papá, no tanto por su amor hacia él como hacia su cuenta bancaria, pues lo cierto del caso es que con la colocación de tres pares de implantes de silicón por día, podía decirse que estábamos mamando de una buena teta.

Sin embargo, a pesar de que tú bien sabes que nunca nos faltó ningún capricho material por satisfacer, el viejo posiblemente pensó que viviría por siempre y no dejó ningún patrimonio importante para solventar las necesidades de la familia.

Por el contrario, tuvimos que atender posteriormente los reclamos de la familia de la amiguita de 19 años que se mató con él en el accidente de tránsito, mientras regresaban de la playa donde habían ido a abonar una cuota del préstamo para la colocación de las tetas que ella le estaba pagando en especie.

Como podrás entender, rápidamente se comenzaron a acumular las cuentas por pagar del Colegio, el Club, el mantenimiento de la casa de Aspen y todo lo demás.

Por ello, mi madre se vio en la necesidad de buscar cuanto antes a algún sustituto que le brindara la seguridad económica para mantener su estatus y cubrir los gastos que significaba mantenernos a mí y a mi hermanita pequeña.

Para fortuna de mi madre, el acceso privilegiado al quirófano de papá la había preparado bastante bien para ese momento de necesidad y no tardó más de seis meses para encontrar su nuevo amor.

Al principio todo marchaba bien, mamá parecía incluso haber recobrado una alegría y entusiasmo que casi habíamos olvidado por completo y mi padrastro se pasaba todo el día atendiendo negocios inmobiliarios para clientes misteriosos que le llamaban por una línea segura que nadie más en la casa estaba autorizado a utilizar.

Sin embargo, antes de finalizar un año comenzó la peor pesadilla que hubiese podido imaginar. Era sábado por la tarde y mi madre había llevado a mi hermanita a la fiesta de cumpleaños de una compañerita de la escuela. Yo regresaba luego de una mejenga con los amigos del Club y cuando entré en la casa lo encontré con la mirada desorbitada sentado a la mesa frente a un litro de whisky a punto de agotarse. La imagen casi me pareció simpática, así que lo saludé con buen ánimo desde el otro extremo de la sala y subí a darme un baño.

Creo que sólo tenía un par de minutos bajo la ducha, cuando en un abrir y cerrar de ojos el desgraciado estaba ahí, desnudo, agarrándome la verga y tratando de desflorarme el culo mientras me pasaba la lengua asquerosa por la oreja y me susurraba entre dientes las peores obscenidades.

Yo trataba con todas mis fuerzas de quitarme al hijueputa de encima pero era mucho más fuerte que yo, y sólo pude salvar el culo gracias a que el maldito se resbaló en el piso del baño y soltó los brazos para sujetarse de las paredes y no caer de espaldas.

En ese instante logré escapar, bajé corriendo al segundo piso y salí por la puerta trasera de la casa vestido con un pantalón de ejercicio de mamá que fue lo único que encontré a la mano en mi ruta de escape. Esa noche la pasé en la calle, caminando por no sé qué lugares mientras reunía el valor necesario para regresar a casa.

A la mañana siguiente me escondí entre los botes de basura mientras veía salir el Range Rover de mi padrastro, y cuando lo vi doblar la esquina entré en la casa mientras mi madre me sermoneaba por no haber llegado a dormir.

Avergonzado y sin tener idea de qué decir o cómo hacerlo, subí a mi habitación y me pasé las siguientes dos horas llorando de rabia y vergüenza como no lo había hecho nunca en mi vida.

Al acercarse la hora del almuerzo mi madre subió a mi habitación para ver si me encontraba bien, y fue entonces cuando ocurrió mi verdadera tragedia.

La verdad es que aún no sé por qué fui tan imbécil de no pensar antes de exponer a mamá a semejante dilema; pero lo cierto del caso es que en ese momento estaba tan asustado y enfadado que no tuve ningún reparo en describirle los detalles del asalto del que había sido víctima la tarde anterior. Ella me escuchó en silencio escurriendo ocasionalmente una lágrima que se deslizaba por su mejilla. Luego se levantó sin decir nada y se encerró en su habitación donde la escuché llorar por largo rato.

Al caer la tarde, mi madre salió de su habitación y me preguntó por qué no podía aceptar que papá había muerto y quería ahora destruir su relación con un buen hombre que nos había aceptado como su familia y nos brindaba todo cuanto necesitábamos.

Mi respuesta fue un "lo siento mamá, te prometo que nunca más te molestaré con esto."

No fue una promesa fácil de cumplir, sobre todo porque él seguía siendo demasiado fuerte para mí y no tardó en llegar el día en que no tuve la suerte de que resbalara para escapar. Sin embargo, la cocaína me ayudó a escapar de la realidad y a entender que posiblemente nuestra madre entendía mejor que yo cuál era el mejor camino para nosotros.

Todo funcionó bien hasta aquel día en que ingresé furtivamente en la casa para robar algún dinero del bolso de mi madre mientras ella nadaba en la piscina, y así poder comprar un par de líneas.

Al ingresar en su habitación, él tenía a mi hermanita de 7 años sentada en sus regazos y sujetándole su manita por la muñeca, la iba dirigiendo lentamente hacia la cremallera abierta de su pantalón.

Por esa única vez, él no fue el más fuerte. Tomé el cenicero de la mesita de lectura y se lo estrellé en la cabeza con tal fuerza que los fragmentos de cristal mezclados con los sesos del malnacido salpicaron todas las paredes y el techo de la habitación.

Mi hermanita gritaba en estado de shock sin entender por qué habrían podido lastimar de esa forma a su nuevo papito.

Mi madre llegó corriendo en traje de baño y quedó petrificada observando a su marido muerto con los sesos regados por todas partes. Luego observó al pie de la cama los calzoncitos de florecitas de mi hermanita y con los ojos llorosos me dijo: "perdóname por favor, lo siento mucho".

Han pasado 13 años desde ese día. Mi madre tuvo suerte esta vez y heredó lo necesario para mantener su vida de opulencia. Mi hermanita estudia el segundo año de medicina y vive feliz en su mundo de superficialidad y excesos ocasionales.

Yo soy el asesino convicto que a nadie le interesa encontrar y me siento feliz porque mi hermanita nunca llegará a *entender por qué el maldito drogadicto de su hermano le arrebató de su lado a su segundo papá.*

Así que amigo Robert, ya has escuchado la historia y ahora es tiempo de cumplir con tu parte.

Robert tardó un tiempo en reaccionar, pues aún permanecía absorto mordiéndose los labios y tratando de digerir la historia que acababa de escuchar y sin tener la menor idea de cómo opinar sobre una situación que le parecía tan inverosímil. Al fin, se limitó a mirar a su amigo a los ojos y dijo:

- Está bien, Michael, dime qué quieres que haga.

El instante en que Michael tardó en responder pareció una eternidad para Robert. Trató de adivinar lo que su amigo podría pedirle. ¿Podría ser acaso dinero o asistencia legal? No, definitivamente eso no parecía lógico, pues si esa fuese la intención no tendría sentido que Michael hubiese tratado de escapar de él con tanto ahínco. Pero si no era eso, qué otra cosa existía que pudiese interesarle a Michael en su situación actual.

Finalmente, Michael se paró frente a él y le dijo:

- *Calma Robert, no tienes por qué preocuparte. No puedes darme nada más valioso que el tiempo y la atención que me has brindado.*

Tener tu amistad por una última vez ha sido un sueño maravilloso del que prefiero no despertar.

Ha llegado la hora de cumplir tu promesa: Dame un abrazo y vete, y no regreses nunca. De esta forma, yo pensaré que nunca volviste por fidelidad a tu promesa y tú podrás pensar que no lo hiciste para respetar mi voluntad.

Entonces, los dos amigos se abrazaron con fuerza y Michael notó que por las mejillas de Robert se deslizaban algunas lágrimas. Michael las escurrió con su pulgar y dijo:

- No te preocupes por mí, este es el tiempo más feliz de mi vida y soy el amo absoluto de mi destino. Cuídate, siempre serás mi hermano.

Luego se escabulló rápidamente hacia unos arbustos cercanos, y se alejó de allí con una sonrisa en el rostro.

Un instante después se escuchó un disparo y algunos pájaros volaron asustados mientras comenzaban a asomar los primeros rayos de sol.

Michael había tenido por fin la oportunidad de encontrar a alguien a quien le interesara conocer la verdadera historia, y luego de haberla contado no parecía necesario esperar por ninguna otra cosa. Justo antes de apretar el gatillo pensó en su buen amigo Robert y se despidió con una sonrisa en los labios.

El disparo hizo salir a Robert de su adormecimiento y, recordando que aquel no era un sitio especialmente seguro, decidió regresar a su casa y a su vida de siempre, con la esperanza y la ilusión puestas en la seguridad y el bienestar de su amigo.

Réquiem para un extraño

La tarde era gris y el cielo encapotado de lluvia parecía estar aguantando la respiración antes de descargar otro violento aguacero de octubre.

Desde la cima de una pequeña colina, ocultándose parcialmente entre los arbustos, Santiago contemplaba en el valle la pequeña iglesia de piedra, donde poco a poco comenzaba a congregarse la gente del pueblo para darle el último adiós a don Nicolás.

Casi parecía mentira que aquel octogenario a quien todos describían como "un roble" y que a base de sudor y esfuerzo había forjado una fortuna en el negocio del café, hubiese podido sucumbir repentinamente ante el cólera que, literalmente, lo había hecho mierda en menos de una semana.

Hombre de familia, de voz firme y temperamento irascible, benefactor de la iglesia y el asilo de ancianos, Presidente del Concejo Municipal y dueño de la mitad del pueblo según decían algunos; don Nicolás era posiblemente el hombre más conocido en todo Naranjal.

A lo lejos, Santiago comenzó a divisar el cortejo que venía acompañando a don Nicolás desde la Hacienda La Lucha, para venir a recibir la bendición final y partir hacia ese sitio en el que ni las estatuas de mármol ni las placas de bronce impiden que todos seamos iguales frente a los ojos de los gusanos.

Quizá por esa razón, a Santiago le costaba mantenerse fiel a aquel espíritu de revancha que le había hecho salir del muladar de putas y piedreros donde había vivido los últimos diez años, con la intención de ir a escupir sobre el ataúd del maldito que le había echado a perder su vida.

Sin embargo ahora, conforme se acercaba la carroza fúnebre, parecía cada vez menos determinado de cumplir con su venganza y, por el contrario, comenzaba a formársele un nudo en la garganta cada vez que lograba identificar alguna cara conocida en la que se reflejaba la impotencia y el desconsuelo ante la pérdida del ser querido.

Le costaba incluso discernir si los espasmos que sacudían su cuerpo cada cierto tiempo eran únicamente la consecuencia de la falta de droga o si, por el contrario, provenían del nerviosismo de aquella lucha interna que le impedía definir con claridad sus sentimientos.

No dudaba de que el hombre dentro del féretro mereciera todo su odio y su desprecio, pero se preguntaba al mismo tiempo cómo podía ahora festejar su muerte, si ésta parecía producir un inmenso dolor a aquellos seres que ocupaban el único lugar en su corazón donde el amor seguía viviendo libre y puro.

Mientras su determinación para cobrar su venganza parecía flaquear, trataba de consolarse pensando en que al menos aquel cuerpo extinto, debería conservar alguna cicatriz de aquella noche de su último encuentro diez años atrás.

Ahora, la mujer a la que él había tratado de proteger lloraba desconsolada con la frente recostada sobre el féretro. Santiago, contemplaba desde su escondite la escena con el corazón hecho jirones, debatiéndose entre una sensación de resentimiento por el amor que ella parecía profesarle a aquel maldito que nunca la había merecido, y el deseo de correr hacia ella para abrazarla y consolarla en aquel momento de dolor supremo.

Sin embargo, la seguía amando más que a su miserable vida y sabía que ella no podría soportar el dolor de verlo convertido en una piltrafa de hombre. Además, sabía que aquel amor sin límites que ahora sentía, posiblemente no sería suficiente para vencer al flagelo de la droga y que, al fin y al cabo, terminaría destrozándole el corazón en un corto tiempo.

El demonio que hoy se interponía entre los dos, hacía que el recuerdo de aquella noche en que un pequeño de 9 años se había enfrentado a su padre borracho cuando golpeaba a su madre, pareciera hoy sólo un cuento de hadas.

Después de todo, en aquella ocasión el balance había terminado con un intento de apuñalada que no había tenido la fuerza para atravesar el pecho de su padre y tres costillas rotas y una sentencia de muerte para él y su madre, si don Nicolás volvía a verlo alguna vez cerca de La Lucha.

Esta vez podría ser él, quien, torturado por la necesidad de la droga, terminase degollando a su madre a cambio de dinero para un par de piedras de crack.

Desistiendo de su venganza, escupió al suelo, apartó las gotas de lluvia que bajaban copiosamente por sus mejillas y se alejó en silencio.

Ella lloraba aún sobre el féretro, desconsolada al contemplar por el cristal al hombre con quien había compartido los últimos 30 años de su vida y que había dispuesto como su última voluntad ser enterrado con el pecho descubierto, para que todos pudiesen ver la cicatriz de la vergüenza por la pérdida del hijo al que había llorado en silencio cada noche durante los diez últimos años, sin ingerir nunca más una gota de alcohol.

Un destello en la oscuridad

José abrió los ojos con dificultad, cegado por el sol que brillaba con fuerza a las diez de la mañana y que le acentuaba el fuerte dolor de cabeza producido por la resaca de la droga que empezaba a disiparse en su organismo.

Con su mano temblorosa tanteó por debajo del cartón que le servía por cama, hasta encontrar un pedazo de tubo metálico delgado y una cuchara herrumbrada que le servían como pipa para el crack.

Luego buscó nuevamente con el pulso vacilante tratando de hallar el tesoro que había conservado de la noche anterior. Al no detectar el objeto deseado, se incorporó visiblemente alterado y levantó con ansiedad los cartones para escudriñar con su vista el sitio donde debía estar su tesoro.

Pero el tesoro no estaba allí y en el semblante de José se dibujó una mueca de terror y desesperación.

¿Dónde estaba?, ¿cómo se había esfumado sin ninguna explicación?, ¿cómo podría alguien haberlo robado sin que él lo notara a pesar de estar acostado sobre el tesoro?

No, definitivamente no podía ser, tenía que estar ahí. Se arrojó al suelo para hurgar el sitio sobre el que había estado colocado el cartón, pero sólo consiguió barro y una herida con un trozo de vidrio que se incrustó entre la uña y la carne del dedo anular de su mano derecha.

Maldiciendo su mala fortuna se incorporó con ira decidido a encontrar al ladrón que se había apropiado de su tesoro para hacerle pagar su atrevimiento.

¿Pero quién podría ser? José compartía su dormitorio con otros ocho indigentes y los cartones más cercanos al suyo eran los de su amigo Manuel.

Pero no podía ser Manuel, él era su hermano y generalmente compartían lo mejor que encontraban en los basureros para comer, o incluso un par de jaladas de la piedra cuando alguno de ellos no conseguía suficiente dinero para comprarla.

¿Pero quién más podría ser?, nadie podría haberse acercado lo suficiente como para tomarlo sin pasar por encima de Manuel y sin que él lo notara.

Definitivamente sólo podía haber sido el perro de Manuel. Ese malparido doble cara que siempre le decía que lo quería como a un hermano.

Ah, pero el maldito desgraciado pronto sabría lo que era burlarse de él, ya íbamos a ver si se reía tanto cuando le tocara recoger sus tripas del caño.

Casi no podía esperar para hundirle en el vientre la platina de acero afilada que el propio Manuel le había dado por si le fallaba el escapulario que su Mamá le había dado muchos años atrás para que lo librara de todo mal.

Pero el maldito ya no estaba, seguramente se había escapado para ir a disfrutar el tesoro lejos de allí sin tener que compartirlo con nadie.

Por ahora, no valía de nada tratar de encontrarlo. Pero ya tendría que regresar en la noche y entonces sería el momento para la merecida venganza.

Luego de una última búsqueda infructuosa, lanzó unas cuantas maldiciones y puntapiés al aire y se alejó de allí resignado a ir a pulsearla para ver cómo conseguía la dosis necesaria para calmar la ansiedad que lo hacía temblar como si se estuviera congelando, aún cuando al mismo tiempo sentía que los ácidos estomacales le quemaban las entrañas.

Caminó unas ocho cuadras hasta el sitio donde depositaban la basura de los restaurantes de la exclusiva Calle de los Olivos y antes de que los vigilantes de la zona lo sacaran a bastonazos de esa zona prohibida para los de su tipo, consiguió algunas latas de cerveza que todavía contenían un par de sorbos y unos trozos de carne anaranjada con una textura parecida al pescado.

Un poco más repuesto luego del desayuno, comenzó a buscar un buen sitio para comenzar a mendigar, pero todos los semáforos de las calles con mayor tránsito ya estaban tomados y no se sentía con ánimo de batirse a puñal con algún colega para disputarle su sitio, así que no le quedó más remedio que ubicarse en una calle secundaria en la cual el congestionamiento del tránsito era muy poco y, por tanto, los vehículos sólo se detenían unos pocos instantes mientras cambiaba la luz del semáforo, o algunos incluso se saltaban la luz roja cuando lo veían acercarse.

Al ser casi las tres de la tarde apenas había logrado recolectar lo necesario para pagar las dos piedras que le habían vendido de fiado el día anterior y el cielo comenzaba a encapotarse de nubes negras que anticipaban un aguacero de perros y gatos.

Veinte minutos después apareció el diluvio acompañado de una fuerte tormenta eléctrica que se extendió por casi dos horas, durante las cuales era impensable que alguien fuese a bajar la ventanilla de su vehículo para brindarle alguna moneda.

La lluvia cesó cuando ya comenzaba a oscurecer y a esa hora el humor de José no podía ser peor. En su cabeza sólo había sitio para el pensamiento de la venganza. Estaba convencido de que este había sido el peor día de su vida y todo se lo debía a aquel pedazo de mierda de Manuel.

Cada vez que los conductores subían apresurados la ventanilla para evitar su presencia y que no se dignaban siquiera a mirarlo para decirle que no, sentía que la sangre le hervía y apretaba el puño pensando en el esperado momento de enterrarle el puñal a aquel perro traidor que lo había despojado de su tesoro.

Durante las siguientes dos horas el sentimiento de ira fue creciendo, a medida que el flujo vehicular disminuía y las posibilidades de conseguir algún dinero se iban esfumando.

En todo caso, ya el dinero no importaba, así como tampoco importaba la droga ni el hambre. Lo único que deseaba era sentir los borbotones de sangre caliente del vientre de Manuel que correrían por su brazo cuando le incrustara la asquerosa platina para que se la llevara al infierno con él.

No hay razón para esperar más, pensó mientras la luz cambiaba a amarilla. La verdad es que después de este cambio de semáforo me largo y que este montón de hijueputas se metan las monedas entre el culo.

Al ponerse la luz roja una camioneta se detuvo frente a él y en el momento en que se disponía a acercarse para solicitar su limosna, se encontró con una expresión inesperada que lo dejó estupefacto.

Desde el asiento de atrás del vehículo, un niño de unos tres años le sonreía con atención y le lanzaba besos mientras hacía el ademán de alcanzarle una golosina.

José, se quedó como congelado por un momento y entonces ocurrió algo aún más sorprendente.

La madre del niño bajó el cristal de su ventana y luego también el de la ventana trasera, pidiéndole a José que aceptara el obsequio que trataba de hacerle su hijo.

José tomó la golosina con mano temblorosa y sonrió con una mueca en la que se mezclaban agradecimiento y asombro.

Al cambiar el semáforo, la madre le acercó rápidamente una bolsa de papel y le dijo apresuradamente: - Creo que tú podrías disfrutar esto más que yo. ¡Buen provecho! Luego subió el cristal de las ventanas y se alejó rápidamente.

A José le tomó un par de segundos reaccionar nuevamente. Luego abrió la bolsa de cartón y se sentó en el borde del caño para disfrutar del emparedado caliente que contenía adentro y que acompañó con media botella de refresco gaseoso que había tenido la suerte de encontrar en un basurero cercano. Luego sacó del bolsillo la golosina, tomándola por el palillo plástico y se entretuvo chupándola durante varios minutos hasta que se deshizo por completo en su boca.

Después de un rato, se incorporó con una fresca sensación de satisfacción y se dispuso a continuar su día.

Cuando el semáforo cambió nuevamente al rojo, se apresuró en dirección al vehículo más cercano, pero luego se detuvo en seco al recordar sus planes anteriores.

Hace unos minutos había decidido que no había ninguna razón para postergar la venganza. Sin embargo, ahora no veía mayor razón para apresurarse y decidió quedarse un rato más para ver si su suerte cambiaba.

Durante las siguientes horas, la recolección de dádivas no mejoró significativamente, aun cuando la expresión del rostro de José se había suavizado un poco conforme la sombra de la ira se hacía menos densa.

Ciertamente se había reducido la proporción de conductores que se sentían atemorizados de bajar su ventana, pero también se había reducido en forma importante la cantidad de vehículos que circulaban por la capital.

A pesar de lo anterior, José se congratulaba a sí mismo por su buena fortuna y se resistía a abandonar el lugar a pesar de que ya tenía más de dos horas de exceso con respecto a su horario habitual.

Cuando ya había transcurrido más de media hora desde el paso del último vehículo, José decidió que al fin era tiempo de ir a buscar a Manuel para cobrar venganza.

Sin embargo, esa venganza ya no le parecía tan ansiada y placentera, sino que comenzaba a presentársele como una incómoda responsabilidad.

Caminando muy lentamente, José se acercaba al sitio donde esperaba encontrar a Manuel durmiendo en un cartón junto al suyo. Sus manos sudaban a pesar del escalofrío que le recorría el cuerpo y le hacía temblar los dientes. Ya no estaba seguro de cuál sería la mejor forma de ejecutar su venganza. No le agradaba la idea de ver a su examigo agonizando largo tiempo a su lado y no quería tampoco tener que llevar por siempre la ropa manchada con su sangre. Posiblemente, lo mejor fuese una estocada en el corazón, algo limpio, rápido y con poco sufrimiento.

Tomó un respiro profundo, apretó los dientes y los puños e ingresó decidido al antro donde debía consumar su venganza.

Pero Manuel no estaba allí. Ansioso y aliviado a la vez, echó una mirada rápida a los alrededores sin encontrar ningún rastro de su antiguo amigo y entonces decidió que dormiría un rato mientras esperaba la llegada de su presa.

Se acostó boca arriba y cerró sus ojos tratando de conciliar el sueño, pero su cabeza era un mar de emociones encontradas y la inminente llegada de Manuel lo atemorizaba por completo.

Buscando evitar el resplandor de la luna que le molestaba en sus ojos llorosos, decidió voltearse boca abajo para ver si de esa forma lograba atrapar el sueño que se le escurría.

Pero esa estrategia tampoco parecía dar resultado. Una incómoda sensación se le clavaba en el pecho a la altura de la tetilla izquierda. Por un momento pensó que iba a sufrir un ataque cardíaco de tanto darle vueltas al asunto de su venganza. Luego, se percató de que la molestia era externa a su pecho y se sentía como si estuviese acostado sobre una piedra.

Se volteó un poco de lado para revisar si había algo en el cartón pero no encontró nada extraño. Se recostó nuevamente, pero inmediatamente percibió la molestia a la altura del pecho. Entonces se incorporó, se sentó en el cartón y se tanteó las ropas para ver si sentía algo.

Al instante sintió como si lo hubiese fulminado un rayo. En el bolsillo izquierdo de su camisa había percibido algo, y en el instante mismo en que se preguntaba a sí mismo qué diablos podía tener allí, la respuesta le había hecho reaccionar como si le hubiese abofeteado la cara.

Cuando aún no se sobreponía de esta revelación, apareció Manuel y se acercó corriendo hacia él visiblemente preocupado:

- *¿Qué putas te habías hecho José? Pensé que te había pasado algo.*
- *Tengo casi dos horas de andarte buscando y nadie me daba señal tuya.*
- *¿Todo bien, mi hermano?*

José tardó un instante en reaccionar. Luego cerró los ojos por un momento, le dio gracias a Dios en silencio y abrazó con fuerza a Manuel.

- *Para estar mejor necesitaría un clon.*
- *Muchas gracias por preocuparte. Tengo un regalo para vos.*

Extrajo el objeto del bolsillo de su camisa, lo tomó con el puño y se lo entregó a Manuel en la palma de su mano. Su amigo lo recibió con afecto y sonrió agradecido.

José había encontrado al fin su tesoro. Sin embargo, ahora se daba cuenta de que en realidad nunca lo había perdido y tampoco estaba en su bolsillo. Estaba allí sentado sonriéndole justo al lado.

La mujer más hermosa del mundo

Mientras trataba de descansar un poco entre aquellos cartones sucios y rotos que cada día le servían de lecho, María comenzó a percibir una respiración irregular que se agitaba cada vez más cerca de su espalda. Pronto esa respiración, que se había convertido ahora casi en un jadeo, se tornó lo suficientemente cercana como para que María pudiese percibir además, el suave golpeteo de dicha respiración cerca de su cuello y el olor ácido de la presencia que parecía buscarla en medio de aquella oscuridad.

No necesitaba tornar la mirada para saber que aquel que la buscaba apasionadamente era su amigo y protector, su inspiración en medio de aquel mundo de mierda, el hombre que más había llegado a admirar sobre la tierra y que había encontrado en el lugar menos esperado, cuando él decidió abandonarse allí a morir luego de la traición de aquellos a quienes había entregado su vida.

Ahora podía sentir cómo su príncipe de barro lamía su cuello y espalda en una sensación que era húmeda y áspera al mismo tiempo. Cuánto daría ella por poder ofrecerle la piel fresca y perfumada que la había acompañado durante los primeros años de su adolescencia y que sólo había brindado placer al maldito bastardo pervertido que había traído su madre luego de que su padre las abandonara.

Sin embargo, su amante no necesitaba nada diferente de aquella piel marchita y curtida por la suciedad y el sufrimiento para desbordar de pasión, sintiendo que en cada lamida y cada beso podía hurtar un poco del néctar de los dioses.

Un instante después, una mano huesuda de uñas renegridas y áspera como lija buscaba sus pechos y pellizcaba sus pezones. María anhelaba entonces aquellos senos redondos y jugosos que en otro tiempo habían sido motivo de todo tipo de elogios y que habían casi desaparecido por completo mientras su cuerpo se secaba y encogía por el azote de la droga. Nada habría deseado más que poder ofrecer ahora esos pechos rebosantes para el goce de su amante que, sin embargo, no necesitaba otra cosa para sentir que tocaba el cielo cada vez que percibía cómo se aceleraba el palpitar del corazón de María conforme sus dedos jugueteaban con sus pezones.

Estrellándose contra sus glúteos, María podría sentir la fuerza de un miembro viril que se erguía firme y ansioso de penetrar su esencia corporal. Al mismo tiempo, María podía sentir cómo sus genitales se humedecían poco a poco en espera de la comunión física con su ángel apasionado. También ahora, María añoraba la época en que aquellos glúteos se levantaban firmes e indomables, desafiando a todos a resistirse a voltear la mirada tras su paso. También ahora, su amante incondicional se consumía en una llamarada de pasión y deseo incontenible que sólo había sido capaz de sentir junto a su hermosa flor del pantano.

La mano de su amado acarició sus cabellos greñudos y la invitó a darse vuelta para fundirse en una sola presencia. María titubeó un instante y, al deslizar el reverso de su mano por su mejilla, su amante notó que ella lloraba en silencio.

- *¿Qué ocurre mi princesa?*, pregunto él
- *Que hoy quisiera ser bella para ti*, contestó ella entre sollozos.

Luego de un par de segundos de silencio, María se volvió y notó que su hombre también lloraba ahora.

- *¿Qué pasa mi tesoro?*, preguntó ella entonces.

- Pasa que soy la persona más afortunada y feliz del mundo por tenerte conmigo, pero quisiera que por un instante pudieras tener mis ojos, pues así podrías ver junto a mí, a la mujer más hermosa del mundo.

El Ángel de San Rafael

La Clínica San Rafael estaba asentada en un amplio terreno adornado por hermosos jardines, ubicado en el Distrito Cuatro, donde se encontraban también los hoteles más lujosos, los restaurantes más sofisticados y los centros comerciales más exclusivos.

Sin embargo, ni la hermosura y colorido de sus jardines, ni la majestuosidad de sus modernas e impecables instalaciones, ni la exquisita amabilidad del personal hospitalario, ni la calidez y el profesionalismo de un equipo de médicos formado en las mejores universidades del mundo, lograban aplacar la atmósfera de tensión e impotencia que invadía cada uno de los salones y pasillos de la clínica y que iba apagándoles lentamente el espíritu y robándoles la ilusión a todos aquellos que se veían forzados a prolongar su estadía allí.

Esa atmósfera parecía alimentarse de la cruel ironía que se vivía cada día en aquel sitio donde los más poderosos entre los poderosos, acudían cada día para darse cuenta de que, en muchos casos, su curación no estaba al alcance de la mejor atención médica que el dinero pudiese comprar. En aquellos momentos, seres humanos agrandados por la prepotencia y la soberbia, se volvían insignificantes al recibir un diagnóstico que sugería una fecha de expiración para su existencia.

En algunas ocasiones, las noticias positivas arrojaban luz y reconfortaban un poco los corazones abrumados, pero la atmósfera de tensión no tardaba en regresar y todo se volvía triste y sombrío.

Sin embargo, durante las últimas semanas algo había cambiado. La clínica había sido invadida por un espíritu indomable que arrojaba luz por doquier y que iba transformando todo a su paso.

Tarjetas de cumpleaños con dibujos de colores, cupones para besos y abrazos, elefantes, ranas saltarinas y otras curiosidades de origami, trucos de magia, historias de fantasía y una risa sonora y contagiosa, eran sólo parte del inventario creativo de una pequeña hada de 8 años que se había instalado en la clínica y que cada día se las ingeniaba para sorprender con su magia a los médicos, enfermeras y personal de mantenimiento que se cruzaban en su camino.

Mónica era la niña pequeña del matrimonio conformado por Alberto Sevilla y Marcela Riva, quienes, a pesar de encontrarse en los albores de sus cincuenta años, seguían siendo considerados como una pareja de ensueño, a la que no sólo se les reconocía por su belleza física que parecía no disminuir con los años, sino también por sus obras de filantropía, dentro de las que destacaba el nuevo edificio de neonatología del hospital general.

Además, nadie podía evitar sentir empatía por la tragedia que había sufrido la pareja una década atrás, cuando su primogénito de sólo tres años había desaparecido sin dejar rastro durante un almuerzo campestre organizado por la familia Sevilla Riva, para recaudar fondos en apoyo a la campaña presidencial del candidato del Partido Liberal Democrático.

En forma posterior a la desaparición, la familia había recibido múltiples anónimos exigiendo cuantiosas sumas de dinero por la devolución de su hijo, de los cuales habían accedido a pagar todos aquellos que, en criterio de los investigadores profesionales que habían sido contratados, merecieran algún grado de credibilidad.

No obstante, luego de dos años de estar dedicados a tiempo completo a la búsqueda del pequeño y de haber invertido varios cientos de miles de dólares en perseguir cualquier indicio que arrojara la mínima luz de esperanza acerca del paradero de su hijo, Alberto y Marcela habían tenido que resignarse y continuar su vida bajo el más profundo luto, hasta que en dos años más, el nacimiento de Mónica les había permitido recuperar poco a poco su interés por la vida.

Durante sus primeros seis años de vida, la pequeña Mónica había logrado con su vitalidad, creatividad y dulzura, ir reparando poco a poco el corazón desgarrado de sus padres.

Lentamente, la sonrisa había regresado al hermoso rostro de Marcela, mientras que Alberto había suavizado el luto permitiéndose usar nuevamente su traje Príncipe de Gales, aunque acompañado siempre por una corbata negra como había prometido hacerlo por el resto de su vida.

Por supuesto que ambos seguían llorando cada noche en silencio por la ausencia de su pequeño Emilio, pero la ira y el desconsuelo de los primeros años habían venido cediendo poco a poco y la fascinante magia de Mónica les había permitido recuperar una razón por la cual dar gracias al Creador.

Sin embargo, durante el último año las pesadillas habían resurgido con mayor atrocidad y la ira y los reclamos de Marcela y Alberto hacia la divina providencia no podían ser más desgarradores.

Todo había empezado en una hermosa mañana soleada del mes de abril.

Alberto y Marcela tomaban el desayuno en el jardín, como solían hacerlo cada sábado de verano, mientras su hija correteaba alegre detrás de unas mariposas.

Unos minutos después, Mónica regresó diciendo que se sentía muy cansada y que le dolía un poco su estómago, así que Alberto la tomó en brazos y la recostó en el sofá de la terraza para que descansara un poco, suponiendo que posiblemente se tratara de un simple resfrío o el efecto de un exceso de miel de maple en las tostadas francesas del desayuno.

Durante el resto del día, Mónica apenas se había movido un poco y pidió irse a acostar temprano sin cenar porque dijo sentir un poco de náuseas.

Alberto y Marcela aprovecharon la ocasión para disfrutar de una cena romántica a la luz de las velas, confiados en que una noche tranquila de sueño sería suficiente para que su pequeña se recuperase por completo.

Sin embargo, a la mañana siguiente la salud de Mónica no parecía mejorar y se quejaba de dolor en las articulaciones.

Cerca del mediodía, la niña llamó a sus padres para que vieran el extraño color arcilla que tenían sus heces y su padre se percató de que en su rostro se notaban algunos pequeños vasos sanguíneos rojos y en forma de arañitas bajo la piel.

Como una medida preventiva, Marcela tomó la decisión de llamar al médico de cabecera de la familia y, un par de horas más tarde, el Dr. Wasserman llegó para examinar a la niña.

Luego de atender a Mónica y darle a tomar algo para el dolor de estómago, el doctor bajó para conversar con sus padres:

- *Mis queridos Marcela y Alberto, me parece que la pequeña Mónica ya se siente un poco mejor y con el medicamento que le he dado espero que duerma bien y mañana esté más repuesta.*

- *Muchas gracias doctor Wasserman (respondieron ambos a la vez).*

- Creo que lo más probable es que haya tenido dificultades para digerir algo que comió y que eso sea la causa del dolor de estómago. Sin embargo, me parece más difícil de explicar las "arañitas vasculares" que tiene en el rostro y por eso prefiero que la lleven a la clínica la próxima semana para realizarle algunos exámenes adicionales y descartar cualquier otro malestar.

- Perfecto doctor, el próximo martes iremos a visitarlo, contestó Marcela.

Alberto y Mónica acompañaron al doctor hasta la puerta y cuando el chofer apareció con su vehículo se despidieron del él afectuosamente. Luego subieron a vestirse para acudir a la gala de apertura de la nueva marina construida para el grupo empresarial Sevilla Riva.

Cuando pasaron por la habitación de Mónica para despedirse antes de salir, encontraron a su pequeña durmiendo plácidamente y decidieron no despertarla.

Durante el camino hacia la marina, Marcela le consultó a Alberto su opinión acerca de los exámenes que el doctor Wasserman quería realizarle a Mónica y si le parecía que hubiese algo por lo cual debieran preocuparse. Sin embargo, Alberto le aseguró que todo estaría bien, le dio un cariñoso beso y la recostó en su pecho.

La gala de inauguración fue verdaderamente espléndida y el matrimonio no contó con un solo segundo de distracción para regresar a sus preocupaciones, acosados por periodistas, amigos y otros oportunistas obsesionados por ser reconocidos por la pareja de ensueño.

Sin embargo, en el viaje de regreso a casa y mientras Marcela dormía recostada en su hombro, Alberto no podía dejar de pensar en la expresión de preocupación que había creído notar en el rostro del Dr. Wasserman al referirse a las "arañitas vasculares" que a él tampoco le habían gustado para nada. Por tal razón, al llegar a casa decidió que se tomaría el martes para acudir junto con Marcela a la cita de Mónica y se fue a dormir procurando no darle más importancia al asunto.

Afortunadamente, la atención exigida por los múltiples negocios familiares permitió que el lunes se pasara volando y, casi sin darse cuenta, llegó el día de visitar al Dr. Wasserman.

Al ser las nueve en punto de la mañana del martes, el chofer de la familia los dejó en el lobby de la Clínica San Rafael, en la cual se encontraba el nuevo consultorio del Dr. Wasserman.

El consultorio, ubicado en el piso 6 de la torre este de la clínica, había sido acondicionado con una magnífica sala de espera con hermosas decoraciones, divertidos juegos y diversas opciones de meriendas saludables para los más chicos, así como confortables sillones de cuero, máquinas de cappuccino y bocadillos para los adultos. Además, contaba con dos hermosas asistentes que se encargaban de recibir y procurar la mejor atención a los clientes.

La familia Sevilla Riva esperó alrededor de 10 minutos mientras el Dr. Wasserman terminaba de atender otro paciente; tiempo durante el cual la pequeña Mónica no mostró ningún interés en el cuarto de juegos y se quedó junto a sus padres quejándose de tener mucha comezón en todo el cuerpo y, especialmente, en la espalda.

Al ingresar a la oficina del Dr. Wasserman el médico los saludó afectuosamente, elogiando el hermoso vestido azul de Marcela y obsequiándole un puñado de ositos de gelatina a Mónica.

Acto seguido, le solicitó a la niña sentarse en la camilla y le realizó el examen rutinario de ojos, oídos, garganta, pulso cardiaco y reflejos sin encontrar ningún problema.

Posteriormente, le pidió a Mónica que se recostara y comenzó a palparle el abdomen, ante lo cual la niña se quejó de sentir un dolor agudo.

Finalmente, examinó la espalda para buscar el origen de la comezón que había dicho sentir la pequeña, sin encontrar señales de urticaria o dermatitis atópica.

Al terminar el examen, el Dr. Wasserman llamó a una de sus asistentes para que acompañara a Mónica a buscar su premio sorpresa y, al salir la pequeña de la oficina, les pidió a sus padres acompañarlo a su escritorio para conversar unos minutos.

Con la barbilla apoyada en el puño de su mano derecha y luego de toser ligeramente un par de veces para aclarar su garganta, le habló lentamente a la pareja:

- *Queridos Marcela y Alberto, hay algunos síntomas que viene presentando la pequeña Mónica y que me preocupan seriamente.*

Cuando la visité la tarde del Domingo en su casa, me sorprendió encontrarla tan decaída, pues ella ha sido siempre como un pequeño torbellino de alegría y vitalidad que no se apaga fácilmente con un simple resfrío. Además me inquietó un poco el dolor en su abdomen y articulaciones, así como la ruptura de algunos vasos sanguíneos en su carita. Fue por eso que les solicité traerla hoy para seguir de cerca su evolución.

Adicionalmente, en el examen que acabo de realizarle he notado una inflamación del hígado, así como un poco de ictericia en sus ojos y me preocupa el prurito o picazón que ella dice sentir y que no parece deberse a ningún tipo de alergia, picadura o condición similar.

Bajo estas circunstancias, creo que debemos realizar de inmediato unos exámenes de laboratorio (dijo mientras marcaba las casillas correspondientes en un formulario), para verificar los niveles de transaminasas, bilirrubina y gamma globulinas, así como monitorear la presencia de anticuerpos antinucleares (ANA), anti músculo liso (SMA) o anti microsomas de hígado-riñón tipo 1 (LKM1).

- Disculpe doctor, interrumpió Alberto, pero ¿qué es lo que estaríamos buscando que nos digan esos exámenes?

- Sí, por supuesto, por favor disculpen mi falta de claridad. Todos estos exámenes tienen como objetivo común, el descartar problemas en el funcionamiento del hígado.

- Pero doctor, ¿no es posible que sólo se trate de un virus o una infección bacteriana y que si esperamos algunos días el organismo de Mónica lo supere solo?, peguntó Alberto.

- Claro que sí Alberto. Lo que ocurre es que, si se tratase de algo grave, cada día perdido puede ser determinante.

- Entonces no hay nada más que discutir, intervino Marcela. Hagamos esos exámenes de inmediato para estar todos más tranquilos.

- Muy bien, repuso el Dr. Wasserman. Yo los voy a acompañar al laboratorio que está en el primer piso del edificio principal. Los resultados de los exámenes van a demorar un par de días, debido al tiempo requerido para determinar la presencia de anticuerpos. En todo caso, yo me comunicaré con ustedes tan pronto esté disponible el diagnóstico, para analizar la situación y definir el curso de acción a seguir. Por ahora, sólo corresponde esperar lo mejor y cuidar mucho a la preciosa Mónica.

Alberto y Marcela asintieron con la cabeza y luego los tres salieron de la oficina para buscar a Mónica y llevarla al laboratorio para la ejecución de los exámenes prescritos.

La niña los recibió con una sonrisa mientras terminaba una copa de helado de vainilla con topping de ositos gummy.

La noticia de los exámenes no la hizo muy feliz, pero se sometió a ellos con su acostumbrado positivismo, pensando en que podrían ser una buena oportunidad para recibir alguna bonita sorpresa como recompensa.

En efecto, al salir de la clínica, sus padres la llevaron a comprar el ipod touch que la pequeña había declarado como uno de sus principales anhelos desde hacía ya un par de meses.

Sin embargo, al llegar a casa Mónica se sentía cansada y desanimada y se fue a la cama sin siquiera esperar a que cargara la batería de su nuevo juguete.

Por supuesto que el ánimo de Marcela y Alberto tampoco era el mejor. Durante la cena cada uno estuvo absorto en sus propios pensamientos y casi no cruzaron palabra.

Se retiraron a su habitación más temprano que de costumbre, dejando casi intactos los tres platillos servidos por su chef personal.

Mientras Alberto pretendía sin éxito leer un artículo en su revista The Economist, escuchó a Marcela sollozar por largo tiempo en el baño.

Durante los siguientes dos días, Marcela y Alberto gravitaron por su mundo de negocios y actividades protocolarias como una pareja de autómatas y sin poder apartar de su mente la sombra de preocupación por la salud de su pequeña.

El jueves al comenzar la tarde, el Dr. Wasserman los llamó para indicarles que ya tenía en su escritorio los resultados de los exámenes y que necesitaba conversar con ellos lo antes posible.

Antes de dos horas, Alberto y Marcela ya estaban en el consultorio esperando ansiosos a que el doctor terminase de atender a su último paciente del día.

Unos minutos después, un pequeño pelirrojo de unos seis años salía del consultorio acompañado de su madre y con un par de lágrimas en sus mejillas mientras se frotaba con resentimiento su nalguita derecha.

El Dr. Wasserman se apresuró a recibir a Marcela y Alberto con su habitual cortesía, pero con un semblante de gravedad que no presagiaba buenas noticias.

Al entrar en la oficina, el doctor les indicó extendiendo su brazo que se ubicaran en los sillones de la salita de estar y cerró la puerta indicándole a sus asistentes que no le interrumpiesen por ningún motivo.

Posteriormente, tomó una carpeta de su escritorio, se sentó frente a la pareja y comenzó a hablarles lentamente:

- *Mis queridos Marcela y Alberto, lamento tener que decirles que los exámenes de Mónica han confirmado mi preocupación inicial.*

Los niveles de transaminasas, bilirrubina, inmunoglobulina G, anticuerpos antimitocondriales y anti-microsomas de hígado-riñón, son consistentes con un diagnóstico de hepatitis autoinmune tipo 2.

- *¿Y en qué consiste eso?* preguntó ansiosa Marcela.

- *Es una enfermedad hepática que se produce por una disfunción del sistema inmunitario que provoca que éste ataque y destruya las células del hígado. Es decir, los mecanismos de defensa del propio cuerpo reaccionan frente a las células hepáticas y las atacan.*

- *¿Y qué tan grave puede llegar a ser?* Preguntó otra vez Marcela.

- *Es difícil determinarlo a priori, todo depende de la respuesta de cada paciente al tratamiento con inmunosupresores como la prednisona o azatioprina. En algunos casos, se puede superar la enfermedad luego de 3 a 6 meses de tratamiento. Desafortunadamente, no todos los* pacientes responden bien al tratamiento y, en algunos casos, puede resultar necesario un trasplante de hígado.

- ¿Y cuál es el próximo paso doctor? ¿En cuánto tiempo debemos empezar el tratamiento? Preguntó Alberto.

- El próximo paso consiste en realizar una biopsia del hígado para conocer su grado de afectación. Inmediatamente después daríamos inicio al tratamiento.

- Doctor: ¿sería muy riesgoso esperar dos semanas? El cumpleaños de Mónica será en 8 días y habíamos pensado sorprenderla llevándola a ella y sus tres mejores amigas a celebrar su fiesta en Magic Kingdom. Intercedió Marcela.

- Mi querida Marcela: mucho me temo que eso no sea lo más conveniente en este momento. La hepatitis severa que no es tratada a tiempo registra una tasa de mortalidad superior al 40% en un plazo de 6 meses.

- Perdóneme por ser tan estúpida doctor, es que aún no logro asimilar que la salud de mi pequeña se encuentre en peligro, dijo Marcela sin poder contener el llanto.

El Dr. Wasserman esperó unos minutos a que Marcela se tranquilizara, desviando su mirada hacia un lado y mordiéndose el labio inferior mientras percibía cómo sus ojos se iban humedeciendo poco a poco.

Luego se dirigió a la pareja que lo contemplaba con sus ojos enrojecidos por el llanto y les dijo:

- A partir de mañana viernes yo me voy a ocupar personalmente de hacer todos los arreglos necesarios para que la estadía de Mónica en la clínica sea lo más agradable posible.

Por favor dediquen ustedes este fin de semana para hablar con ella y aprovechen cada minuto disponible para acompañarla y hacerla sentir muy bien.

No duden en llamarme para consultar lo que deseen y traten de ser fuertes y mantener siempre un pensamiento positivo.

Los espero el lunes a las ocho de la mañana para iniciar con el tratamiento.

Durante el fin de semana, Marcela se las ingenió para organizar una fiesta de cumpleaños relámpago para Mónica en la casa de campo de la familia, a la cual acudieron las mejores amigas y las compañeras de la clase de ballet de la niña.

El principal regalo de sus padres para Mónica fue un magnífico potro andaluz al que la pequeña bautizó con el nombre de Luca y que causó fascinación entre todos los presentes, chicos y grandes.

Mónica estaba encantada con su celebración de cumpleaños, pero no se mostró muy activa en virtud de las náuseas y dolor abdominal que no la dejaban en paz.

El Domingo por la tarde, al regresar a la ciudad, Alberto y Marcela le explicaron a la niña la necesidad de someterse a un tratamiento para ayudarle a su cuerpo a eliminar las molestias que había venido sintiendo, lo cual fue recibido por la pequeña con tristeza por tener que renunciar a sus actividades normales, pero con gran positivismo acerca de una rápida recuperación que le permitiese pasar más tiempo con Luca.

Al ser las ocho de la mañana del lunes, Marcela y Alberto llegaron a la clínica junto con la pequeña Mónica y su perro de peluche Benny, el cual la había acompañado cada noche en su cama durante los últimos cinco años.

El Dr. Wasserman los esperaba en el lobby principal y se apresuró a recibirlos con un afectuoso saludo, aunque debió disculparse con Benny por no haberle estrechado la mano hasta que Mónica le señaló su descuido.

Posteriormente, guió a la familia hasta la suite que había sido reservada para albergar a la pequeña durante su estadía en la clínica y que estaba equipada con una cama hospitalaria y otra regular para un acompañante, así como una pequeña sala de estar donde se encontraban dispuestos algunos libros infantiles, así como cartulinas de colores, crayones, goma, stickers con diferentes figuras y otras curiosidades.

En la habitación, el doctor les presentó a Susana, una simpática mujer de unos cuarenta y tantos años, que se identificó como la enfermera de cabecera de Mónica.

Luego de unos pocos minutos de charla, el Dr. Wasserman invitó a la niña a recostarse en su cama y le colocó una vía para administrarle un sedante como preparación para la biopsia de hígado que se le practicaría más tarde, con el propósito de evaluar la etapa de su enfermedad hepática.

Luego de cinco días de practicada la biopsia, el Dr. Wasserman citó nuevamente a Marcela y Alberto para comunicarles la terrible noticia de que la enfermedad de Mónica había evolucionado hasta una condición de cirrosis hepática y que en la condición actual era imposible que su hígado pudiese sanar para recuperar su funcionamiento normal. Por consiguiente, la única alternativa viable consistía en procurar mantener al mínimo el ritmo de avance de la enfermedad, en espera de ubicar a un donador compatible para un trasplante de hígado.

Fue así como la pequeña hada llegó a instalarse en la Clínica San Rafael y, gracias a la energía y vitalidad que había logrado recuperar como resultado de la respuesta favorable al tratamiento con inmunosupresores, logró apoderarse en muy poco tiempo de los corazones de todos aquellos que tenían la dicha de cruzarse en su camino.

Durante sus primeros tres meses de estadía en la clínica, Mónica logró transformar por completo la triste y sombría atmósfera del lugar y colocar una sonrisa de ilusión y esperanza en la gran mayoría del personal.

Sin embargo, en los meses siguientes, la magia de la pequeña hada se había ido agotando poco a poco conforme avanzaba la enfermedad y el tratamiento se mostraba incapaz de lograr ninguna mejoría.

Ahora la pequeña estaba próxima a cumplir once meses de hospitalización y la atmósfera de la clínica había regresado a su peor condición posible.

Los corazones de todos los que habían sido tocados por la pequeña hada se desgarraban cada día al observar cómo su piel se tornaba cada vez más amarilla, cómo su abdomen se abultaba por la acumulación de líquido, cómo se multiplicaban los hematomas y los sangrados repentinos y cómo se iba incrementando la frecuencia de las diálisis motivadas por el avance de la insuficiencia renal.

Más doloroso aún resultaba observar la creciente desorientación y confusión mental que se apoderaba de la pequeña y que la hacía parecer tan distante de aquella niña inmensamente creativa e imaginativa que siempre lograba sorprenderlos.

Conforme pasaban los días, resultaba inevitable además que la esperanza se fuese poco a poco apagando, especialmente luego de dos operaciones de trasplante en las que el organismo de Mónica había rechazado el nuevo órgano.

Marcela y Alberto pasaban la mayor parte del día en la clínica al lado de su pequeña sin saber qué esperar, pero sin fuerzas para poder ocuparse de ningún otro asunto. Ambos lucían demacrados y se comportaban como autómatas sin ninguna expresión de ánimo o vitalidad en su mirada.

Durante el último año, algunas de las empresas familiares habían sucumbido ante la falta de atención de la pareja, que parecía haber perdido por completo su interés por la vida. Cada uno de ellos seguía llorando en silencio cada noche hasta el amanecer, plenamente convencidos de su incapacidad para seguir viviendo sin la presencia de su pequeña.

Esa sensación de dependencia se hacía más evidente en aquellos momentos en los cuales la confusión mental de Mónica le impedía reconocer a sus padres y en los cuales, su enfermera Susana se veía obligada a pedirles abandonar la habitación para evitar poner nerviosa a la niña.

En esas ocasiones, la pareja salía a caminar por el jardín de la clínica sin apenas cruzar palabra, hasta que alguien les comunicara la posibilidad de regresar con la pequeña, lo cual ocurría generalmente una o dos horas después de que se le administraba un sedante para ayudarla a tranquilizarse.

Sin embargo, hoy había ocurrido algo diferente. Unos veinte minutos después de que Susana les había pedido a Marcela y Alberto abandonar la habitación, una de las asistentes del Dr. Wasserman llegó corriendo al jardín para informarles que el doctor necesitaba verlos en forma inmediata.

Con el corazón hecho un puño la pareja echó a correr en dirección al edificio principal de la clínica, sin atreverse a anticipar ningún pensamiento.

Al llegar al lobby, el Dr. Wasserman los condujo hasta una pequeña sala de espera y les habló apresuradamente:

- Ha ocurrido algo completamente inesperado. Hace veinte minutos me notificaron acerca de la existencia de un posible donador para un nuevo trasplante para Mónica.

Debo decirles con toda honestidad que bajo circunstancias normales yo no estaría recomendando un nuevo trasplante, pues la condición de Mónica se encuentra muy deteriorada y con los antecedentes de rechazo en los dos trasplantes anteriores, sería altamente probable que no sobreviva una nueva operación y se pierda la posibilidad de aprovechar el órgano para salvar la vida de otro paciente.

A pesar de lo anterior, y consciente del alto riesgo que conlleva un nuevo trasplante, he dado la orden de habilitar de inmediato el quirófano y preparar a Mónica para la cirugía.

Ya se encuentran preparados los formularios que deben ser firmados por ustedes para la autorización, pero antes debo pedirles que me acompañen hasta el pabellón de emergencias para explicarles en qué consiste lo extraordinario de esta situación.

Sin decir una palabra más, el Dr. Wasserman se levantó de su silla y salió caminando a paso acelerado seguido por Marcela y Alberto.

Al llegar al pabellón de emergencias, el doctor condujo a Marcela y Alberto a una pequeña sala en la que se encontraba una camilla sobre la cual yacía un cuerpo cubierto por una sábana blanca.

Consciente de la mirada de turbación en el rostro de Marcela, el Dr. Wasserman se apresuró a continuar su explicación de la siguiente forma:

- Durante la madrugada del día de hoy, un vehículo particular ingresó sin autorización hasta la entrada de emergencias de la clínica solicitando atención médica para un chico de la calle con múltiples heridas de arma blanca.

A pesar de los esfuerzos que se realizaron, el muchacho había perdido mucha sangre y no fue posible mantenerlo con vida.

Luego de establecido el deceso, se procedió a activar el protocolo de donación de órganos que consiste en realizar diversos exámenes para determinar la salud de los órganos internos y establecer la compatibilidad con los pacientes en lista de espera para trasplante.

El análisis de los antígenos leucocitarios humanos o HLA para el muchacho que se encuentra bajo esa sábana, muestra una compatibilidad perfecta con los de Mónica. Esa es una noticia extraordinaria para Mónica pues no sería posible encontrar un donador con un menor riesgo de rechazo al trasplante.

- Gracias a Dios doctor, esa es una magnífica noticia expresó Marcela visiblemente emocionada.

- Esto es increíble opinó también Alberto. ¿Pero qué tan probable puede ser que algo como esto suceda? Preguntó.

- Esa es una pregunta importante, intervino nuevamente el Dr. Wasserman, y es parte de las razones por las cuales estamos aquí.

Cada persona tiene un número de pares de antígenos HLA. Nosotros heredamos uno de esos pares de cada uno de nuestros padres y le pasamos uno de cada par a nuestros hijos. Una compatibilidad perfecta sólo ocurriría en caso de que ambos pacientes hayan recibido el mismo conjunto de antígenos de HLA de cada uno de sus padres.

- ¿Pero cómo podría haber sucedido esto doctor?, preguntó nuevamente Mónica.

- Sólo existe una posibilidad y es por ello que, sin importar lo increíble que pueda parecer, no tengo ninguna duda de

que el muchacho que descansa bajo esa sábana es, con absoluta certeza, Emilio, el hermano mayor de Mónica.

La explicación del Dr. Wasserman cayó de pronto como un rayo sobre la humanidad de Marcela y Alberto.

Alberto se apresuró a acercarse a la camilla y retiró de un tirón la sábana que cubría el cuerpo.

El muchacho que yacía en ella tenía la piel curtida por el sol y un rostro demacrado y severo que contrastaba con su corta edad. Sin embargo, los ojos de Alberto le permitieron verlo más allá del tiempo y reconocer de inmediato a su pequeño Emilio.

Cubriéndose el rostro con ambas manos Alberto comenzó a llorar desconsoladamente sin poder soportar la terrible ironía de recuperar a su pequeño sólo para poder vivir el dolor de su muerte.

Marcela lloraba desesperada recostada en el pecho de su muchacho pidiendo a gritos una explicación al creador para esa cruel jugarreta del destino.

Luego de acompañarlos en silencio durante unos diez minutos y con los ojos enrojecidos por el llanto, el Dr. Wasserman se atrevió a interrumpir a la pareja.

- *Amigos, no quiero parecer insensible ante el dolor que los embarga en este momento, pero ya Mónica se encuentra en el quirófano y me temo que debemos trasladar a Emilio de inmediato.*

Acto seguido, un enfermero entró en la sala y se llevó la camilla en la que yacía el cuerpo de Emilio mientras Alberto y Marcela lo miraban alejarse desconcertados.

El Dr. Wasserman también se retiró para fungir como médico asistente durante el trasplante de Mónica, dejando encargada a una de sus asistentes de acompañar a Alberto y

Marcela hasta la habitación cuando estuviesen en condiciones de hacerlo.

Postrados en el piso de la habitación, Alberto y Marcela lloraron cada uno por su lado durante unos 30 minutos más y luego se abrazaron y lloraron juntos sin consuelo por otros 15 minutos. Al cabo de este tiempo ambos se sentían con el corazón destrozado, pero con la sensación de haberse liberado del fantasma que los había acechado desde la desaparición de Emilio 12 años atrás.

Envueltos en un remolino de emociones y pensamientos, Alberto y Marcela se dejaron guiar por la asistente del Dr. Wasserman hasta la habitación de Mónica, donde les correspondería esperar durante las próximas diez horas a que concluyese la operación de trasplante.

Durante la mayor parte de ese tiempo, la pareja se mantuvo absorta en sus pensamientos, intercalando episodios de llanto con expresiones de serenidad o en algunos otros casos de ansiedad ante el resultado de la operación.

Unos minutos después de las ocho de la noche, el Dr. Wasserman ingresó a la habitación y les informó que el trasplante había transcurrido sin complicaciones, pero que sería necesario esperar al menos 24 horas más para evaluar la respuesta del organismo de Mónica ante su nuevo hígado.

Durante el día siguiente, Alberto y Mónica se ocuparon de realizar los trámites necesarios para la reclamación del cuerpo de Emilio y a coordinar los arreglos necesarios para el funeral.

Con el cabello recortado, la piel limpia y vestido con un impecable traje y corbata de seda, el cuerpo de Emilio tenía una apariencia completamente distinta en cuyas facciones se reflejaba claramente la semblanza de su padre, aunque la tonalidad de su piel, el perfil de su nariz y el contorno de sus ojos los había heredado sin duda de su madre.

En un salón especial ubicado en el sector de la morgue de la clínica, Alberto y Marcela se mantuvieron por varias horas contemplando con fascinación a su pequeño bebé hecho hombre, hasta que el Dr. Wasserman llegó a buscarlos para indicarles que Mónica había despertado de la operación y era un buen momento para visitarla.

Alberto se despidió de su hijo con un beso en la frente y Marcela lo abrazó y lo besó en la mejilla. Luego los dos acompañaron al doctor hasta la habitación de Mónica.

La pequeña los recibió con una sonrisa y a ambos les sorprendió la mejoría observada en el semblante de la niña, además de que les pareció que el tono de su piel lucía mucho menos amarillento.

Luego de un examen superficial el Dr. Wasserman se mostró muy satisfecho con la evolución de su paciente y se retiró indicándole a la pareja que dispondrían de cinco minutos con la pequeña antes de que debiesen retirarse para dejarla descansar.

Alberto se acercó a la cama de la pequeña para besar su frente y la felicitó por haber sido tan valiente en la operación. Marcela la besó dulcemente en la mejilla y le dijo sentirse muy orgullosa de ella.

Mónica les sonrió con ilusión y les confesó en voz baja:

- *Al principio estaba un poco asustada, pero luego vino mi ángel de la guarda y me dijo que todo iba a estar bien. Que él estaba ahí para ayudarme y que mis papás eran los mejores del mundo y me iban a cuidar mucho también.*

También me dio un mensaje para ti papá: - dijo que, aunque le gusta que lo recuerdes con tus corbatas, su color favorito es el azul.

Alberto y Marcela intercambiaron miradas de estupefacción. En ese preciso instante ingresó Susana y les dijo con autoridad:

- *Lo siento, pero ya se agotaron sus cinco minutos y nuestra pequeña hada tiene que descansar.*

Acto seguido los hizo salir de la habitación sin darles siquiera la oportunidad de protestar.

El hombre del saco

El Parque Central lucía completamente abarrotado de gente en aquella hermosa tarde de verano, en la que don Antonio y doña Ligia habían decidido llevar a su pequeña nieta Emma para que participara con ellos de las actividades de celebración del bicentenario de la independencia que se habían organizado a lo largo de las principales ciudades del país.

Luego de soportar con asombroso estoicismo los discursos de varios personajes políticos, la pequeña Emma les preguntó a sus abuelos si podían comprarle un algodón de azúcar, ante lo cual don Antonio la tomó de la mano y caminaron juntos hacia el toldo de golosinas más cercano.

Luego de casi 15 minutos de fila, llegaron por fin al mostrador y pidieron un algodón de azúcar para cada uno de ellos y otro para doña Ligia.

Mientras sujetaba a su pequeña nieta con la mano derecha, don Antonio tomó el primer algodón de azúcar con su mano izquierda y se lo entregó a Emma. Luego consiguió sostener con la misma mano izquierda los dos algodones adicionales, lo cual le hizo sentirse muy satisfecho de la buena coordinación motora que aún conservaba a sus 75 años de edad.

El problema surgió cuando se percató de que aún le faltaba pagar la cuenta. Sin contar con ninguna otra alternativa, soltó por un instante la mano derecha con la que sujetaba a su nieta para poder sacar dinero del bolsillo de su pantalón. Tan pronto como el vendedor le entregó el cambio, don Antonio lo guardó nuevamente en su bolsillo y se apresuró a tomar la mano de Emma. Sin embargo, su mano pasó cortando el aire vacío, en el sitio donde debía encontrarse la mano de su pequeña nieta.

Don Antonio giró la cabeza sobre su hombro para ubicar mejor el sitio donde se encontraba el brazo de Emma, pero en ese instante sintió un escalofrío que le recorrió velozmente todo el cuerpo, pues su pequeña nieta ya no estaba allí. Sin siquiera pensarlo, don Antonio arrojó al piso los dos algodones de azúcar y comenzó a tratar de apartar a la gente con sus brazos en procura de ubicar a su nieta.

Pero la pequeña ya no estaba en el toldo. Desesperado, el abuelo salió de allí y se puso a mirar en todas direcciones intentando sin éxito divisar a Emma. Entonces apresuró la marcha todo lo que pudo en dirección a su derecha, hasta que le pareció que había recorrido ya una distancia mayor a la que una niña de cinco años podía cubrir en tan corto tiempo y decidió volver sobre sus pasos para ir a buscarla en dirección opuesta.

A sólo unos pocos pasos del lugar donde don Antonio tomó la decisión de regresar, la pequeña Emma se incorporó sacudiéndose el polvo de sus manos, luego de haber tropezado durante la persecución del conejito que había escapado del sombrero del mago que deleitaba a los chicos en el toldo situado junto al puesto de golosinas.

Resignada ante la escapatoria del veloz animalito, Emma recogió del pasto su algodón de azúcar - al que afortunadamente no le había retirado aún la bolsa que lo cubría - para regresar con su abuelo. Sin embargo, al mirar a su alrededor no logró distinguir la dirección hacia la cual debía encontrarse su abuelo, así que comenzó a caminar hacia el sitio donde le pareció que se encontraba la mayor cantidad de personas.

Luego de caminar por varios minutos sin encontrar ninguna señal de su abuelo, la pequeña comenzó a asustarse y sus ojitos se llenaron de lágrimas. Desafortunadamente, ante la gran cantidad de personas que se encontraban esa tarde en el parque, la soledad de la niña pasaba completamente desapercibida pues siempre había personas cerca de ella que, para cualquier observador casual, podían ser percibidos como su familia.

Mientras la pequeña Emma deambulaba por el Parque, su abuelo había regresado a toda prisa hasta el toldo de los algodones de azúcar, para luego realizar diversos recorridos infructuosos en diferentes direcciones.

Completamente abrumado por el peso de la culpa y reconociéndose incapaz de encontrar a su pequeña nieta, don Antonio optó por ir en busca de su esposa, esperando que ella que generalmente tenía mejor cabeza, pudiese aportar mejores ideas sobre la forma de recuperar a Emma sana y salva.

Cuando doña Ligia vio que su esposo avanzaba hacia ella con andar vacilante y el rostro demacrado, supo de inmediato que algo no estaba bien. De pronto, todas las preocupaciones que había venido incubando durante aquella espera que le pareció demasiado larga para un simple algodón de azúcar, se le manifestaron de golpe cuando cayó en la cuenta de que su pequeña Emma no estaba allí.

Apresurando el paso, doña Ligia fue a encontrarse con don Antonio, y extendiendo hacia él sus brazos lo miró con unos ojos llenos a angustia y desesperación. Luego ambos se fundieron en un abrazo procurando consolarse y tranquilizarse mutuamente. Don Antonio intentó comunicarle la terrible noticia que ya ella había adivinado, pero su voz entrecortada por el llanto no le permitió hacerlo.

Doña Ligia colocó sus manos en las mejillas de don Antonio y besándolo con ternura le dijo:

- No te preocupes que todo va a estar bien. Vamos a buscar a nuestra princesa.

Acto seguido, tomó a su esposo de la mano y lo hizo avanzar tan rápido como sus piernas se lo permitían en dirección a la tarima principal. Don Antonio hacía su mejor esfuerzo para seguirle el paso a su mujer, mientras notaba que su corazón latía un poco más despacio y el dolor en su pecho comenzaba a desaparecer.

- Vamos a utilizar el sistema de altavoces para llamar a nuestra pequeña, procedió a informarle doña Ligia.

La angustia y preocupación seguían estando presentes en el ánimo de don Antonio, pero había retomado la confianza en que todo podría resolverse, ahora que su mujer estaba al mando. Sin embargo, al llegar a la tarima principal su entusiasmo estuvo a punto de desfallecer, al notar que los técnicos habían desmontado ya la mayor parte del equipo de sonido y se apresuraban a guardarlo en sus cajas para transportarlo.

Afortunadamente, nadie podía resistirse ante la determinación y el carácter de doña Ligia, así que unos pocos minutos después, los técnicos trabajaban a toda máquina para poner a funcionar nuevamente el sistema de sonido y que doña Ligia pudiese utilizarlo para encontrar a su pequeña nieta.

En ese instante la pequeña Emma se encontraba a escasos 25 metros de allí, en la esquina suroeste del parque central, hasta donde había llegado mientras caminaba asustada y sin rumbo en medio de sus sollozos.

Muy cerca de donde se encontraba la pequeña Emma, una señora que vendía billetes de lotería se quedó observándola durante un par de minutos, hasta que decidió acercarse a ella para asegurarse de que no estuviese extraviada.

No obstante, justo cuando la vendedora de lotería estaba a punto de preguntarle si se encontraba bien, la pequeña Emma observó emocionada a sus abuelos que caminaban unos 25 metros hacia el sur y corrió a alcanzarlos tan rápido como podía, mientras les llamaba a gritos alternándose entre Tito y Tita.

La vendedora de lotería se quedó estupefacta mientras observaba a la niña que corría tras sus abuelos, al tiempo que mascullaba una retahíla de insultos hacia aquel par de irresponsables que tenían que ser unos verdaderos imbéciles como para dejar tan atrás a esa pequeña niña.

Emma se esforzaba tanto como podía para lograr alcanzar a sus abuelos, pero sus pequeñas piernas sólo le permitían avanzar un corto trayecto en cada paso y la distancia que la separaba de ellos parecía incrementarse paulatinamente. Cuando logró completar la primera cuadra hacia el sur, notó que sus abuelos ya estaban más allá de la mitad de la cuadra siguiente y cuando ella logró completar esa segunda cuadra, sus abuelos estaban a punto de terminar la próxima.

Afortunadamente, sus abuelos se detuvieron en una pequeña banca techada que se encontraba cerca de la mitad de la cuarta cuadra y eso le permitió acortar la distancia que la separaba de ellos. Sin embargo, cuando al fin estaba a punto de alcanzarlos, un autobús se detuvo justo al frente de donde se encontraban sentados sus abuelos y la pequeña Emma observó perpleja como ellos abordaban el transporte que, un instante después, se alejó dejando tras de sí una nube negra de smog que le enchiló los ojos y le dificultó respirar.

Para ese entonces, los técnicos habían terminado de instalar nuevamente el equipo de sonido y doña Ligia se apresuró a dirigirse a su nieta aprovechando la cobertura del sistema de altavoces que permitía alcanzar todos los rincones del parque.

- *Este es un mensaje para nuestra pequeña princesa Emma.*

- *Tus abuelos: Tito Antonio y Tita Ligia te estamos buscando.*

- *Para llegar a donde estamos, sólo tienes que mirar hacia arriba y buscar la bandera de nuestro país más grande que puedas encontrar.*

- *Te queremos muchísimo y aquí estaremos esperando por ti en la tarima principal.*

La dulce voz de doña Ligia se escuchó fuerte y clara en los altavoces instalados en los diferentes sectores del parque central y todos aquellos que la escuchaban expresaban de inmediato su deseo de que la pequeña pudiese regresar pronto al lado de sus abuelos. Ese mismo deseo abrigaba el corazón de la vendedora de lotería que, al mismo tiempo, recordaba con furia a aquel par de irresponsables que unos minutos antes habían dejado atrás a una pequeña niña y que podrían haber sufrido lo mismo que esa pobre señora que llamaba a su nieta desde la tarima principal.

Luego de repetir el mensaje en una decena de ocasiones y de esperar más de cuarenta y cinco minutos sin ningún resultado, don Antonio y doña Ligia fueron resignándose poco a poco a que no lograrían encontrar a su pequeña nieta de esa forma y decidieron que era el momento de solicitar ayuda a las autoridades policiales.

En ese momento, la pequeña Emma terminaba de toser y de enjugarse los ojos enchilados por el smog, sintiéndose absolutamente impotente y desesperada ante la partida de sus abuelos que se alejaban en aquel autobús que se perdía en la distancia.

Sin tener la más mínima idea de qué hacer, la pequeña se sentó en la banca donde había visto por última vez a sus abuelos y colocando a su lado el algodón de azúcar, se cubrió el rostro con sus pequeñas manos y lloró desconsolada durante varios minutos. Luego de tranquilizarse un poco, decidió que su mejor opción era regresar al parque y buscar la ayuda de algún oficial de policía, o quizá de aquella señora a la que había observado vendiendo lotería cerca de la esquina y que le había parecido tener "cara de buena gente".

Fortalecida con la idea de encontrar alguna buena persona que le ayudara a llegar a casa, Emma tomó nuevamente su algodón de azúcar y saltó de la pequeña banca para encaminarse en dirección al parque.

Sin embargo, al levantar la vista hacia el frente, el pequeño corazón de Emma se paralizó de un sobresalto y mientras caía al suelo su algodón de azúcar, sintió que un líquido tibio le recorría sus piernas temblorosas al contemplar horrorizada al Hombre del Saco, que se encontraba en la acera opuesta y a escasos cincuenta metros en dirección hacia el parque.

Desistiendo de inmediato de su intención inicial de ir hacia el parque en busca de ayuda, la pequeña Emma retomó su camino hacia el sur de la ciudad, procurando avanzar tan rápido como sus pequeñas piernas se lo permitían y con la vista nublada por las lágrimas que corrían copiosamente por sus mejillas enrojecidas.

Pero por más que Emma lo intentaba, no lograba alejarse de aquel espectro andrajoso que la perseguía a pocos metros de distancia. Por el contrario, cuando la pequeña estaba a punto de desfallecer y mientras pasaba frente a un lote baldío que albergaba los restos de un viejo edificio en ruinas, Emma logró observar por el rabillo del ojo al Hombre del Saco que comenzaba a cruzar la calle hacia su lado de la acera.

Impulsada por el pánico y decidida a dar un último esfuerzo para escapar de aquella pesadilla, Emma apretó los dientes y trató de acelerar el paso, pero en ese instante un brazo la rodeó por la cintura y la suspendió por los aires, mientras una mano sudorosa le tapaba la boca impidiéndole gritar. Posteriormente, su captor la introdujo en el lote baldío y una vez allí la llevó hasta donde se encontraba una especie de cuarto con sus paredes a medio derribar y el piso tapizado de cartones.

Al llegar a la habitación en ruinas, su captor la colocó nuevamente en el suelo y con un aliento fétido y acre, le susurró a Emma al oído:

- *Voy a hacer un trato contigo pequeña.*
- *Sólo quiero pasarla bien contigo, así que voy a quitar mi mano de tu boca y si eres una buena niña, creo que tú también vas a disfrutar mucho.*
- *Pero si eres una niña mala y te atreves a gritar, esas van a ser las últimas palabras que jamás dirás, porque romperé tu delicado cuello y te dejaré abandonada en este sucio lugar para que te coman las ratas.*
- *Puedes mover tu cabecita para indicar que entendiste lo que te acabo de explicar y entonces podremos comenzar a divertirnos y luego te llevaré a comprar un helado.*

La promesa de un helado nunca le había resultado a Emma menos motivante que en aquella ocasión, pero comprendía que no había nada que pudiese hacer para escapar de su captor, así que lentamente, y en medio de sollozos, movió su cabeza hacia arriba y hacia abajo para indicar que sí.

Una vez recibida la confirmación de la niña, el captor retiró la mano que cubría la boca de Emma y la deslizó hacia abajo hasta introducirla en los calzoncitos mojados de la pequeña. Luego comenzó a frotarle las partes íntimas, mientras le lamía las mejillas con su áspera y asquerosa lengua.

Cuando ya Emma estaba a punto de desmayar producto de la desesperación y el horror, su captor retiró la mano de sus calzoncitos y comenzó a utilizarla para bajar su cremallera y explorar sus propias partes íntimas. Un instante después la pequeña escuchó un golpe seco y observó como su captor caía a sus pies con la cabeza ensangrentada y la mirada perdida.

Al mirar atrás la pequeña observó de pie junto a ella al Hombre del Saco, que sostenía en su mano derecha una gran roca manchada de sangre. Al contemplar el rostro sucio y manchado por el sol del Hombre del Saco, Emma pudo notar que él parecía tan asustado como ella y que sus ojos reflejaban una expresión bondadosa.

En un arrebato de júbilo, la pequeña agotó rápidamente la distancia que la separaba de él y lo abrazó llorando y dándole las gracias por haberla rescatado. El Hombre del Saco quedó paralizado por un instante, sin tener la menor idea de qué hacer con aquella pequeña que estaba abrazada a su pierna. Luego tomó el saco que había colocado en el suelo y sacó de él el algodón de azúcar que la pequeña Emma había dejado olvidado en su huida y que, aunque parecía un poco maltrecho, aún seguía protegido por la bolsa de plástico. La pequeña lo recibió con un gesto de asombro y gratitud, e inmediatamente lo sacó del empaque para compartirlo con su nuevo amigo.

Después de finalizar el algodón de azúcar, que también el Hombre del Saco disfrutó mientras recordaba con nostalgia la última vez en que había probado ese tipo de golosina, Emma le contó a su nuevo amigo la tragedia vivida con la pérdida de sus abuelos.

El Hombre del Saco la escuchó con atención, convencido de que algo no podía estar bien y que posiblemente la niña había optado por seguir a una pareja de abuelos equivocada. En todo caso, no tenía mucho sentido contradecir a la pequeña y ya había comenzado a caer la noche así que tampoco parecía una buena idea regresar al Parque Central.

El Hombre del Saco le indicó a Emma que a sólo un par de cuadras hacia el oeste se encontraba una delegación de la policía y que, si ella estaba de acuerdo, él podía acompañarla hasta allí, donde seguro podrían ayudarla a encontrar a sus abuelos.

La pequeña asintió agradecida y con una amplia sonrisa se apresuró a tomar la mano tosca y renegrida del Hombre del Saco que, a pesar de sentir vergüenza por su aspecto e higiene, no supo cómo despreciar a la pequeña.

Pocos minutos más tarde, los nuevos amigos llegaron hasta el estacionamiento de la delegación policial y desde allí la pequeña Emma pudo observar a sus abuelos que estaban ingresando al edificio de la delegación para realizar el reporte de la pérdida de su nieta. La pequeña soltó la mano del Hombre del Saco y atravesó como un rayo el lote del estacionamiento, llamando a gritos a sus abuelos.

Doña Ligia sintió que un escalofrío le recorría todo el cuerpo cuando creyó escuchar la voz de su pequeña princesa y, al volver la vista, no pudo contener las lágrimas de felicidad al contemplar a Emma corriendo en dirección hacia ellos. Un instante después, los abuelos se fundían en un conmovedor abrazo con su pequeña nieta, mientras daban gracias al creador por haber escuchado sus súplicas.

Cuando los tres lograron sobreponerse un poco de la emoción del reencuentro, doña Ligia le consultó a su nieta cómo había hecho para llegar hasta allí y la pequeña Emma le respondió orgullosa que todo había sido gracias a su nuevo amigo. Entonces la pequeña regresó corriendo al estacionamiento en busca del Hombre del Saco, para que sus abuelos también pudieran conocerlo y agradecerle por su ayuda.

Sin embargo, a pesar el esfuerzo de Emma por encontrarlo, el Hombre del Saco ya se había alejado de allí y caminaba algunas cuadras hacia el sur, sonriendo con satisfacción al recordar la imagen de su pequeña amiga abrazada por sus abuelos y saboreando en su paladar los últimos recuerdos del algodón de azúcar.

Luego de regresar a casa y escuchar con atención la historia completa de las peripecias vividas por la pequeña Emma, don Antonio y doña Ligia tuvieron dos cosas absolutamente claras: La primera de ellas era que nunca podrían estar suficientemente agradecidos con aquel ángel misterioso que se había aparecido en el momento justo para rescatar a su pequeña princesa. La segunda: que el Hombre del Saco nunca volvería a ser una opción para asustar a la pequeña Emma cuando no quisiera comer sus vegetales.

Curvas peligrosas

Era una hermosa tarde de verano. Esteban conducía de regreso a la ciudad, luego de almorzar con sus amigos en la Marina de los Sueños.

Mientras tarareaba una canción de moda que reproducía el sistema de sonido de su deportivo descapotable, Esteban sonreía extasiado pensando en el extraordinario éxito de que disfrutaba actualmente en todos los aspectos importantes de su vida.

La adquisición de su principal competidor en el sector farmacéutico, al fin se había completado con éxito y por un precio inferior al previsto, gracias a que sus amigos banqueros decidieron ejecutar las garantías que respaldaban los créditos de dicha empresa, luego de que la misma experimentara algunas dificultades financieras como resultado de la escasa atención que le había prestado su socio principal, a partir del momento en que a su esposa le fuese diagnosticado un cáncer terminal contra el cual acabó perdiendo la batalla luego de 11 meses de luchar con el apoyo de las mejores clínicas y centros de investigación del mundo.

De manera similar a lo que acontecía con sus negocios, en la esfera del placer tampoco había ningún motivo para quejarse. Su esposa Laura, veinte años menor que él, lucía simplemente espectacular gracias a la estricta rutina de gimnasio y bronceado que mantenía como su principal responsabilidad, así como a algunos apoyos estratégicos ejecutados en forma magistral por su cirujano estético. Adicionalmente, Nicole, la esposa de su abogado y entrañable amigo Ralph, le aportaba la adrenalina y el picante necesario a su vida sexual, gracias a los encuentros furtivos que mantenían cada dos o tres meses, con ocasión de los viajes de Ralph a la corte internacional de arbitraje de París donde formaba parte del panel de expertos.

El único aspecto en el que la vida de Esteban no obtenía quizá una calificación 100, correspondía a la relación con su madre, a la cual se proponía visitar una vez por mes, aunque generalmente surgían otras prioridades que le impedían verla más de tres o cuatro veces por año.

De hecho, al detenerse a pensar en ella, Esteban cayó en la cuenta de que ya habían pasado cinco meses desde su última visita y que aún no le había entregado el presente que una secretaria de la compañía había comprado para su cumpleaños de hace dos meses. Ese pensamiento le produjo un leve sentimiento de culpa, pero trató de alejarlo convenciéndose a sí mismo de que su madre era una persona muy difícil y que no era nada divertido pasarse el tiempo escuchándola criticarlo porque, según ella, su vida estaba tan vacía que lo más valioso que tenía eran posesiones materiales, o bien, tratando de convencerlo para que se integrara a alguna de sus múltiples iniciativas de caridad, que consumían poco a poco la considerable fortuna familiar que Esteban tenía la confianza de heredar algún día.

Mientras Esteban permanecía un poco absorto en sus pensamientos, su auto deportivo perdió momentáneamente la estabilidad y el sistema de conducción asistida disminuyó significativamente la velocidad de circulación. Al recobrar rápidamente su concentración, Esteban notó que los postes del tendido eléctrico se balanceaban fuertemente en respuesta a lo que no podía ser otra cosa que un movimiento sísmico.

Luego de transcurridos 12 segundos, que parecieron como si fuesen minutos, todo retornó a la calma y Esteban se apresuró a sintonizar en la radio una estación de noticias para conocer más detalles sobre el suceso.

A los pocos minutos, el locutor reportó que se había tratado de un sismo de 7,4 grados en la escala de Richter, ubicado frente a la costa pacífica y a una profundidad de 18 kilómetros. Acto seguido comenzó a recibir reportes de radioescuchas en diversas partes del país que reportaban el sismo como sentido muy fuerte, pero con pocos daños a la infraestructura más allá de la caída de objetos, el agrietamiento de paredes y la quiebra de algunos cristales.

Esteban escuchó los reportes por alrededor de 15 minutos, hasta que decidió que el asunto no era para tanto y decidió cambiar a la música de su Ipod. También pensó en llamar a su madre para asegurarse de que no hubiese tenido ningún problema, pero recapacitó prontamente pensando en que las líneas celulares deberían de estar saturadas y que lo más conveniente sería tratar de pasar a saludarla y entregarle su regalo, luego de hacerle una visita a Nicole que hoy se encontraba disponible para él.

Unos 15 kilómetros más adelante, en el sector donde la autopista del sur transcurre cerca de los barrios marginales ubicados en las afueras de la ciudad, Esteban observó una figura andrajosa y descarnada que obstruía su carril a escasos doscientos metros y que le hacía señas desesperadas solicitándole detenerse.

Después de considerarlo por una fracción de segundo, Esteban decidió que no sería él quien se tomase el riesgo de ser asaltado por aquel indigente y aceleró su vehículo decidido a evadir lo antes posible al acosador.

El hombre en harapos lo miró con expresión de urgencia y, en un arrebato de desesperación, trató de insistirle en que se detuviese, avanzando hacia el centro del carril en el que circulaba Esteban.

Esteban se percató de que no había suficiente espacio para avanzar sin impactar al sujeto, pero no estaba dispuesto a arriesgar su seguridad y aceleró mientras volteaba la vista al lado para no observar el impacto que reconocía como inevitable. Tampoco se atrevió a mirar por el retrovisor, luego de escuchar aquel grito lastimero, que había sido precedido por un golpe seco que fracturó el parabrisas y arrancó el espejo lateral derecho de su hermoso deportivo descapotable.

Conduciendo a una velocidad temeraria, recorrió 20 kilómetros adicionales hasta llegar a la salida 14 A, en la cual decidió abandonar la autopista para dirigirse a una de las bodegas de su compañía farmacéutica, en la cual había decidido dejar su vehículo para no exponerse a ser detenido en algún operativo de control de tránsito.

Tratando de exponerse lo menos posible a las miradas de curiosidad, Esteban ubicó su vehículo en el extremo de la reja más alejado de la casetilla de seguridad que se ubicaba al lado izquierdo del vehículo y saludó levantando la palma de su mano en dirección del oficial de seguridad para que éste accionara el portón eléctrico.

El oficial de seguridad demoró un instante, sorprendido de ver a don Esteban por allí en un sábado y cuando ya empezaba a caer la noche. Sin embargo, reaccionó rápidamente recordando que a don Esteban no le gustaba que lo hicieran esperar y que en su primer día de trabajo le había gritado toda clase de insultos y había amenazado con despedirle, porque no lo había reconocido cuando pretendía ingresar y le había solicitado su identificación.

Al abrirse la reja, Esteban aceleró el vehículo y se dirigió hacia una bodega que se encontraba vacía y con el portón abierto, pues había sido pintada recientemente. Allí estacionó su vehículo, cerró el portón y luego fue a exigirle al oficial de seguridad que colocase un candado en dicho portón y que le entregase la llave.

Una vez que el oficial de seguridad cumplió con lo indicado, le solicitó entregarle las llaves del vehículo corporativo asignado a la Gerencia de Ventas que se encontraba en el parqueo, indicándole que lo regresaría al día siguiente.

Pocos minutos después, Esteban abandonaba el sitio sin despedirse del oficial de seguridad y conduciendo un nada glamoroso Toyota Corolla, en lugar de su deportivo descapotable. Una vez que logró descifrar el funcionamiento del rudimentario sistema de audio del vehículo, recorrió varias estaciones de noticias buscando alguna información sobre un atropello en la autopista del sur, pero no escuchó nada al respecto.

Sin embargo, la ausencia de noticias no logró tranquilizar por completo a Esteban, que respiraba con agitación y transpiraba profusamente, meditando acerca del riesgo de que alguien lo hubiese visto arrollar al sujeto. Él estaba seguro de que su vehículo era el único en la vía cuando aquel espectro se había aparecido pretendiendo hacerle detenerse y tampoco recordaba haber visto ninguna persona al costado de la autopista durante casi todo el trayecto. La existencia de cámaras de seguridad en aquel sector de la autopista tampoco parecía muy probable, pues los malvivientes de los barrios marginales cercanos se apoderaban de cualquier cosa que pudiese venderse, ya fuese en el mercado negro o en forma de chatarra.

Le aterraba pensar en las consecuencias legales que podría sufrir si se llegase a determinar que el sujeto había fallecido y que él había abandonado el sitio sin hacer nada al respecto.

Sin embargo, descartó la posibilidad de realizar cualquier averiguación adicional al respecto que pudiese delatarlo como responsable del hecho.

Aun cuando no se sentía orgulloso de su forma de actuar, estaba convencido de que sólo había hecho lo necesario para proteger su vida, aunque no podía dejar de pensar en que la mirada del sujeto parecía mucho más ansiosa y desesperada que amenazadora.

En todo caso, ya no podía hacer nada al respecto y lo que correspondía ahora era tratar de mantener la calma, y actuar con la suficiente prudencia e inteligencia para no cometer ningún error que luego tuviese que lamentar.

El principal cabo suelto por atar correspondía a la reparación de su vehículo. Debía inventar una historia creíble que justificase los daños, así como asegurarse de que el vehículo fuese trasladado al taller en un transporte cerrado para evitar miradas curiosas. Adicionalmente, él tendría que asumir directamente el costo de las reparaciones, con el propósito de evitar la inspección de la compañía de seguros.

El otro aspecto fundamental consistía en mantenerse fiel a su rutina de comportamiento habitual, con el propósito de evitar cualquier sospecha o pregunta innecesaria. Eso incluía su encuentro vespertino con Nicole, que ahora le parecía menos excitante, así como la visita a su Madre que era la que más le preocupaba, pues ella siempre había tenido una desesperante habilidad para detectar cualquier mentira o detalle importante que él tratara de ocultarle.

En tal sentido, le martirizaba pensar en cómo lograría escapar de las miradas inquisitivas de su madre, especialmente reconociendo que ella jamás podría perdonarle por abandonar a su suerte a uno de aquellos indigentes a los que doña Susana siempre estaba tratando de ayudar por medio de sus múltiples iniciativas de caridad.

Cuando se encontraba a unas pocas calles del edificio donde vivían Ralph y Nicole, ingresó a su celular una llamada de un número desconocido, la cual decidió enviar al buzón de mensajes tal y como acostumbraba a hacerlo con cualquier número que no estuviera registrado como parte de sus contactos. Luego de esperar un par de minutos, marcó el número de su casillero de voz y escuchó un mensaje de voz en el que se le solicitaba comunicarse lo antes posible con la medicatura forense.

El mensaje le cayó como un balde de agua fría y le alteró el pulso hasta un punto en que se le dificultaba mantener firme el volante del vehículo. La comunicación no podía ser más preocupante pues la medicatura forense era la instancia del poder judicial que se encargaba del levantamiento del cuerpo en los accidentes de tránsito y no imaginaba ninguna razón alternativa por la cual pudiesen tratar de contactarlo.

En cualquier caso, no parecía conveniente retornar la llamada sin haber meditado antes sobre su versión de los hechos o sobre las palabras exactas a utilizar para no agravar su situación. El viaje de Ralph a París que hace sólo unas pocas horas era motivo de regocijo, se había convertido ahora en una terrible noticia, pues Esteban no podía pensar en alguien mejor que su amigo abogado para aconsejarlo en estas circunstancias. Esteban intentó localizarlo a su número celular, pero en aquel momento eran las tres de la mañana en París y su amigo posiblemente dormía profundamente.

Abrumado por la preocupación, decidió enviarle un mensaje de texto a Nicole para cancelar su cita clandestina y se dirigió a su oficina del centro de la ciudad en procura de disponer de un sitio tranquilo para ordenar sus ideas.

Al llegar al lobby del edificio, el concierge lo saludó cortésmente y le indicó que hacía poco más de una hora habían llegado por allí dos sujetos en un vehículo oficial preguntando por él. Esteban agradeció el mensaje tratando de mostrarse lo más ecuánime posible y se dirigió al elevador para subir al piso 23 donde se ubicaba su oficina.

Esteban ingresó a su oficina a punto de desmoronarse y cerró la puerta con llave, aunque sabía que nadie más tenía posibilidad de ingresar al piso en ese horario. Posteriormente, se sirvió un trago del Macallan 1969 que exhibía en una vitrina como símbolo de estatus.

Unos 15 minutos después había ingerido casi la mitad de la botella y se sentía más ansioso y atemorizado que nunca. En aquel momento comprendía cuánta razón tenía su madre al recriminarle por no contar con nadie verdaderamente cercano a su corazón y por escoger a sus amigos y esposa basándose en criterios de oportunidad y conveniencia.

En medio de aquella desesperada soledad lloró como un niño sin tener la más remota idea de qué hacer, hasta que decidió que lo mejor que podía hacer era acudir con su madre para que ella lo destrozara con su mirada inquisitiva y que luego de recriminarlo por su abominable conducta lo consolara y le mostrara el mejor camino.

Mientras caminaba hacia su vehículo, el ánimo de Esteban mejoraba notablemente al pensar en la mirada amorosa y compasiva de su madre. Habían pasado muchos años sin que Esteban se hubiese sentido tan ilusionado y ansioso por abrazar a su madre. Una punzada en el corazón le hizo recordar con tristeza que el regalo que su secretaria había comprado para doña Susana varios meses atrás había quedado olvidado en el maletero de su deportivo, pero reflexionó pensando en que sólo era otra estúpida bufanda burberry que él ni siquiera se había tomado la molestia de elegir y que sería mucho más valioso abrazar a su madre y pedirle perdón por haber sido tan imbécil, con la esperanza de que el tiempo le permitiese recompensarla algún día.

Aún con lágrimas en los ojos y con la misma ansiedad con que un niño espera la mañana de navidad, estacionó el vehículo de la compañía frente a la casa de su madre y subió saltando las escaleras que daban al corredor de la entrada. Posteriormente pulsó el timbre y escuchó el sonido de la campanilla esperando entusiasmado que su madre le abriese la puerta.

Luego de unos treinta segundos sin recibir respuesta, pulsó nuevamente el timbre para asegurarse de que su madre lo hubiese escuchado. Al transcurrir más de un minuto sin que su madre acudiese a abrir, comenzó a ponerse ansioso y se percató por primera vez de que todas las luces estaban apagadas.

Esa circunstancia le pareció un poco extraña pues doña Susana siempre acostumbraba a llegar a casa para tomar el té a las cuatro de la tarde y no había fuerza humana que la hiciera salir luego del anochecer, cuando se dedicaba a repasar sus libros de oraciones y a ver la telenovela de las 8:00 p.m. para luego irse a dormir.

Esteban decidió dar un giro alrededor de la casa buscando alguna luz encendida en alguna ventana u otra señal que pudiese revelarle la ubicación de su madre, pero no encontró nada. Al regresar al frente de la casa, dos sujetos que aguardaban en el corredor de la casa lo miraron con interés y acudieron de inmediato a su encuentro.

- Disculpe señor, ¿podría por favor indicarnos por qué razón merodeaba usted en la parte de atrás de esta vivienda?, inquirió uno de los sujetos.

- Esta es la casa de mi madre, pero no me ha abierto la puerta y quise verificar si podía verla por alguna de las ventanas laterales, respondió Esteban.

- ¿Entonces será usted don Esteban Santana? Preguntó con ansiedad el otro sujeto.

- Así es, contestó secamente Esteban procurando no mostrar su turbación.

A pesar de su esfuerzo, sentía que su compostura iba a desmoronarse en cualquier instante al comprender que la presencia de ese par de sujetos en casa de su madre sólo podía significar que su infame crimen había sido descubierto de algún modo.

En unas pocas décimas de segundo pasaron por su cabeza varias escenas sobre las pesadillas que le esperarían en prisión. Sin embargo, lo que más le angustió fue pensar en cómo se rompería el corazón de su madre al enterarse de que su hijo había actuado de una forma tan abominable y cobarde.

Por primera vez desde la hora del atropello, se sentía profundamente arrepentido y avergonzado por haberse comportado en forma tan inhumana con aquel hombre que se había presentado en su camino con un gesto de angustia y desesperación que él había preferido ignorar.

El más alto de los sujetos, tosió un poco para aclararse la garganta y seguidamente se dirigió a Esteban:

- Discúlpenos, señor Santana, yo soy el oficial Francisco García y mi compañero es el agente Eduardo Fernández, somos funcionarios del organismo de investigación judicial y necesitamos que nos acompañe al Hospital General para una posible identificación.

A pesar de que ya eran casi las nueve de la noche, Esteban aceptó de inmediato la invitación, decidido a asumir cuanto antes la penitencia por sus deplorables acciones. Asimismo, aceptó el ofrecimiento de los agentes de trasladarlo en su vehículo, no sólo porque no tenía claro si verdaderamente tenía la opción de rechazarlo, sino también porque no se sentía en condiciones de conducir por su propia cuenta.

El viaje hasta el hospital tardó alrededor de veinte minutos durante los cuales Esteban casi no pronunció palabra alguna, absorto en sus pensamientos y preguntándose si sería capaz de identificar a aquel sujeto a quien había atropellado, a pesar de que sólo lo había podido observar por una fracción de segundos.

Por un instante se ilusionó también considerando la posibilidad de que quizá el sujeto no hubiese fallecido y que aquella visita fuese más bien para que él pudiese ser identificado como el responsable de sus lesiones. Sin embargo, esa posibilidad parecía demasiado buena para ser cierta y estaba seguro de que no la merecía.

Al llegar al Hospital General los agentes le condujeron hasta la recepción del segundo piso y, luego de haberse identificado, la recepcionista les pidió acompañarla a una pequeña sala de reuniones donde les solicitó esperar la presencia del Dr. Álvarez.

Luego de esperar por alrededor de 10 minutos, un hombre alto, de complexión delgada, rostro taciturno y cabello blanco, ingresó a la sala y se identificó como el patólogo forense. Acto seguido, hizo un gesto con la cabeza para saludar a los agentes judiciales, a los que evidentemente conocía, y se dirigió a Esteban:

- *Estimado señor Santana, le agradezco mucho su disposición para acudir a esta reunión. Me temo que podríamos tener una situación muy lamentable para la cual necesitamos de su colaboración.*

Esta tarde recibimos un paciente que fue encontrado en condición muy delicada en la autopista del sur, donde aparentemente fue víctima de un atropello.

Esteban sintió de inmediato el peso de la culpa y quería gritar confesando su crimen, pero el doctor prosiguió con su relato.

- El sujeto ingresó en condición crítica pero ahora se encuentra fuera de peligro y con buenas perspectivas de recuperar su movilidad en unos pocos meses.

Esteban experimentó una inmensa alegría al escuchar esta noticia y estuvo a punto de estallar en un grito de júbilo, pensando en esta segunda oportunidad que el destino le brindaba y en las formas en que podría contribuir a redimir sus faltas apoyando la recuperación de su víctima.

Sin embargo, el doctor continuó con su relato y su expresión se tornó más grave.

- Cerca de una hora después, ingresó una paciente proveniente de los barrios bajos del sur, que no portaba ninguna identificación y que había sufrido lesiones que en apariencia fueron causadas por la caída de algunos vidrios durante el temblor de esta tarde. Lamentablemente, esta paciente tardó demasiado tiempo para recibir atención y a pesar de todos los esfuerzos realizados y de que sus heridas no eran muy severas, había perdido demasiada sangre y no fue posible mantenerla con vida.

Debido a que la paciente no portaba ninguna identificación, elevamos el reporte a la medicatura forense y ellos asignaron a los agentes García y Fernández para la atención del caso. Generalmente este tipo de asuntos toman varios días o incluso semanas para su resolución, pero en esta ocasión nos encontramos con una situación completamente inesperada.

Cuando el paciente que había ingresado como víctima del atropello recobró la consciencia, comenzó a gritar desesperado pidiendo ayuda. Las enfermeras no podían comprender lo que trataba de decirles y estuvieron a punto de sedarlo para que se tranquilizara, pero el sujeto comenzó a llorar y cuando logró serenarse les indicó que su mamá se había cortado con unos vidrios y que necesitaba ayuda urgentemente.

La dirección que este paciente le gritaba con desesperación a las enfermeras pidiéndoles que se apresuraran a enviar una ambulancia, nos permitió determinar que se trataba de la paciente que había ingresado sin identificación y que para esa hora ya desafortunadamente había fallecido.

Esteban se sentía ahora verdaderamente devastado al comprender que no sólo era responsable del atropello de aquel pobre hombre, sino que indirectamente también lo era por la muerte de la madre a la que trataba de socorrer cuando se había lanzado en forma desesperada hacia su vehículo solicitándole detenerse.

Ahora se sentía como el más miserable de los seres humanos y sabía que sería imposible hacer algo por su víctima que pudiese compensar el dolor de su pérdida.

Notando la aflicción en el rostro de Esteban, el doctor Álvarez realizó una breve pausa antes de completar su relato:

- Entiendo que esta puede ser una situación muy difícil para usted don Esteban, pero ahora necesito que me acompañe para identificar el cuerpo que, suponemos, corresponde al de su señora madre.

Adicionalmente, espero que le sirva de consuelo saber que son muchos los desamparados que, al igual que ese pobre hombre atropellado, no habrían dudado un instante para entregar su vida por la mujer que se ha dedicado en cuerpo y alma a luchar por procurarles una existencia digna y a la que ellos llaman cariñosamente "Mamá Susana".

Como fulminado por un rayo, Esteban comprendió de súbito la razón por la que se encontraba allí. Él era la principal víctima colateral de su crimen y el castigo no podía resultar más implacable.

Un regalo del cielo

Sara era una mujer en edad cercana a los cincuenta años, con voluntad de hierro y espíritu bondadoso que, gracias a su carácter reservado, había logrado mantenerse alejada de los problemas y vivir pacíficamente en su pequeño rancho de latas de zinc y piso de tierra, que se asentaba en uno de los callejones más violentos y peligrosos del Barrio Corazón de Jesús, en el que la esperanza de vida de sus habitantes no llegaba a los 25 años.

Quienes creían conocer a Doña Sara, como la llamaban respetuosamente, nunca habrían podido imaginar el extraño azar del destino que les había permitido tener como vecina a aquella extraordinaria mujer.

Nacida en el seno de una familia de clase media alta, formada en una de las mejores instituciones educativas del país y con todas las opciones del mundo al alcance para la definición de su futuro profesional, Sara había escandalizado a todos sus familiares y amigos cuando, recién cumplidos sus 17 años, anunció su intención de casarse con un empresario emergente que le duplicaba su edad y a quien las amigas de Sara detestaban por su carácter posesivo y autoritario.

Sin embargo, de nada valieron todos los sermones y los malos augurios que Sara debió escuchar de parte de sus principales allegados, pues desde que tuvo uso de razón, la mayor aspiración de Sara había sido llegar algún día a tener su propia familia, para así poder cumplir con su sueño de ser madre.

Ese precoz instinto maternal, era el mismo que en sus primeros años de vida la había llevado a reemplazar a Barbie y a Ken por las figuras del portal de su madre de José y María porque ellos sí tenían un bebé.

Por esa misma razón, sus padres tenían claro que, en caso de oponerse a la voluntad de su hija de casarse, aquella muchacha rebelde terminaría tarde o temprano por escapar de su casa para correr en busca de su sueño, o por cometer alguna estupidez mayor que sus padres ni siquiera querían atreverse a imaginar.

Fue así como en un día de verano de abril del año siguiente en que Sara completaba su educación secundaria, se celebró la ceremonia a la que sólo asistieron los familiares y amigos más cercanos de la pareja y en la que, cualquier extraño que se hubiese apersonado al evento por equivocación, podría haberse sentido obligado a ofrecer el pésame a la gran mayoría de los asistentes, en cuyos rostros se reflejaba una preocupación y sentimiento de pesar que pocos lograban disimular.

Este sentido de ánimo contrastaba con el hermoso rostro de Sara que se mostraba radiante de felicidad, así como con la algarabía y vulgaridad de su esposo, a quien le había bastado la primera hora de celebración para igualar la condición de ebriedad de sus amigos más cercanos que estaban instalados en un sitial de honor cerca de la mesa principal.

Desafortunadamente, la felicidad de Sara no tardó mucho tiempo en comenzar a erosionarse y, antes de cumplir su segundo aniversario de boda, su más preciado anhelo acabó por desmoronarse luego de que una noche fría de invierno su marido regresó ebrio a casa vociferando por la pérdida de un embarque de alguna mercancía importante para su negocio y cuando Sara intentó minimizar la importancia del tema para tratar de tranquilizarlo, el desgraciado le propinó una golpiza tan brutal que no sólo le significó la pérdida del bebé de tres meses de gestación que llevaba en su vientre, sino que además le produjo un severo desgarro del útero que le arrebataría para siempre su sueño de ser madre.

En la madrugada siguiente, cuando Sara recuperó el conocimiento, se encontró tirada en el piso de la cocina en medio de un charco de sangre que provenía de su vagina y apenas podía moverse del dolor que sentía en su abdomen como resultado de las múltiples patadas recibidas.

Luego de arrastrarse por el suelo hasta el comedor, Sara logró incorporarse aferrándose a la pata de una silla y con la visión limitada por un enorme moretón en su ojo izquierdo, observó la mesa servida con la cena que ella había preparado para celebrar con su pareja el tercer aniversario de su compromiso.

A pocos metros de allí, su esposo se encontraba durmiendo plácidamente en un sillón reclinable frente al televisor encendido y aferrado a una botella de whiskey.

Sin pensarlo demasiado, Sara tomó el cuchillo que estaba al lado del hermoso arrollado de carne cuya preparación la había hecho sentirse tan orgullosa la noche anterior y, caminando con dificultad, avanzó hasta el sillón donde su esposo seguía roncando fuertemente. Luego se inclinó hacia él, le dio un beso en la frente y con el pulso firme y decidido le hizo un profundo tajo a lo largo de toda su garganta.

Su esposo despertó confundido en medio de la embriaguez y, luego de llevarse la mano al cuello contempló aterrado la sangre que brotaba abundantemente, luego se percató de que su esposa estaba de pie junto a él y sostenía en su mano un cuchillo de cocina ensangrentado. Entonces le dirigió a Sara una mirada que mezclaba asombro y rabia a la vez y trató de incorporarse del sillón para darle su merecido escarmiento. Sin embargo, la borrachera y la debilidad provocada por la acelerada hemorragia no le permitieron levantarse de su sitio y sólo alcanzó a proferir unas últimas maldiciones que resultaron ininteligibles entre las gárgaras de sangre.

Sara fue entonces a la cochera y buscó el contenedor de la gasolina para la cortadora de césped y roció su contenido completo sobre el sillón donde yacía su marido. Luego le prendió fuego con los fósforos que había colocado en la mesa para encender las velas de su cena romántica, se abrigó con una gabardina larga que le cubría por completo su vestido ensangrentado y salió dejando sin llave la puerta principal.

Cuando el sol despertaba en el horizonte, Sara se alejaba lentamente de su hogar que comenzaba a arder por las llamas, mientras una lágrima rodaba lentamente por su mejilla y un hilito de sangre le seguía corriendo por la entrepierna.

Sin tener ningún sitio en mente al que quisiera dirigirse, pero sí muchos que prefería evitar para no tener que escuchar las recriminaciones por todos los consejos desatendidos que buscaban persuadirla de involucrarse con aquel patán posesivo, ordinario y de dudosa reputación, Sara comenzó a vagar sin rumbo hasta que se encontró de pronto con la autopista interamericana.

A los pocos minutos de caminar vacilante por la orilla de aquella transitada vía, un enorme camión de dieciocho ruedas se detuvo unos cincuenta metros delante de ella. Cuando Sara estaba a punto de rebasar el camión, un hombre de edad avanzada y con aspecto fornido abrió desde dentro la puerta del lado del copiloto y con mirada lasciva la invitó a subir ofreciéndole llevarla consigo.

A pesar de que bajo circunstancias normales jamás habría considerado la opción de aceptar una invitación de alguien con semejante cara de pervertido, en aquel momento le pareció como si le hubiesen enviado un ángel desde el cielo para ayudarla a alejarse de allí y no dudó un instante para abordar el camión con una expresión de júbilo y gratitud en su rostro.

Cuando el conductor tuvo la oportunidad de observar de cerca el deplorable estado en que se encontraba su reciente conquista, con un feo moretón en uno de sus ojos y varias manchas de sangre en la parte interna del muslo de ambas piernas, la expresión de lujuria en su rostro desapreció de inmediato para dar paso a una mezcla de repudio y conmiseración.

Absteniéndose de realizar cualquier pregunta estúpida cuya respuesta estaba claramente a la vista, se limitó a presentarse: *- Hola, yo soy Juan y me dirijo hacia el vecino país del sur. En el termo hay café caliente y en la guantera puedes encontrar medio emparedado de carne que me sobró del desayuno por si tienes hambre. ¿Hacia dónde te puedo encaminar?*

- Hola yo soy Sara y no sabe cuánto le agradezco que me lleve. También le agradezco mucho el ofrecimiento del café y el emparedado pues la verdad es que no he comido nada desde el almuerzo de ayer y tengo un poco de hambre. Si usted me lo permite, le agradecería mucho si pudiera llevarme hasta donde usted va.

En las cuatro horas y media que demoró el viaje, Sara y Juan apenas si volvieron a intercambiar palabra. Juan conducía con la vista fija en el horizonte absorto en sus pensamientos sobre la probable historia de aquella pobre mujer que viajaba a su lado y abrigando la esperanza de que su futuro terminase resultando mejor que el de su hermana que había fallecido víctima de femicidio sólo cinco años atrás.

Por su parte Sara parecía haber trasladado su existencia a una dimensión paralela y miraba taciturna el paisaje que escapaba a gran velocidad por su ventanilla, mientras las lágrimas rodaban sin cesar por sus mejillas enrojecidas.

Al llegar a la frontera, Juan le explicó a Sara que, para poder continuar en el camión al paso por inmigración, necesitaba tener consigo su pasaporte, el cual probablemente estaría ahora hecho cenizas junto con el segundo cajón del tocador en su antigua casa.

Sin mayor argumentación al respecto, Sara estampó un cariñoso beso en la mejilla de Juan y reiterándole sus infinitas gracias descendió del camión y se alejó con andar vacilante.

Durante los siguientes tres días, Sara deambuló como un espectro sin rumbo por los alrededores de la zona fronteriza, hasta que sin darse cuenta se encontró pernoctando bajo un puente ubicado a unos 800 metros de distancia de la frontera, internándose en el vecino país del sur.

Al amanecer del día siguiente, Sara tomó la decisión de enrumbarse hacia la capital del país donde esperaba tener la oportunidad de rehacer su vida o, al menos, encontrar un empleo que le permitiese asegurar el sustento diario.

Dos días después, Sara estaba arribando al mercado central, gracias a la buena voluntad de una familia de campesinos de avanzada edad que habían accedido a permitirle viajar en el cajón de su pequeño camión, entre los sacos de yuca y los cajones de tomate que llevaban a vender a la ciudad capital.

Las primeras tres noches de Sara en la ciudad capital, representaron un crudo baño de realidad que culminó con dos costillas rotas por atreverse a pedir dinero en el semáforo de una esquina que era el territorio de caza de un drogadicto irascible y con una violación colectiva cuando creyó haber encontrado un buen sitio para dormir en un edificio en ruinas que otros tres malvivientes ya habían reclamado como suyo.

Cerca del mediodía del cuarto día, cuando Sara logró incorporarse luego de la flagelación de que había sido objeto la noche anterior, una mujer vestida de harapos que hurgaba en los basureros ubicados en las cercanías del mercado se acercó a ella y, con una sonrisa marcada por la ausencia de la mayoría de las piezas dentales, le ofreció un banano renegrido y una manzana mordida.

Sara titubeó por un instante, pero casi de inmediato terminó arrebatándole la comida a la inesperada visitante y devorando con desesperación la papilla que logró extraer del banano, así como la mitad y un poco más de la manzana mordida.

Sintiéndose un poco más repuesta luego de ingerir el alimento, Sara agradeció el gesto a su nueva amiga, que se convertiría a partir de aquel momento en su compañera inseparable durante 18 años de aventuras y tragedias en la zona roja de la capital, hasta el día en que la existencia de Chela, cuyo nombre completo nunca llegó a conocer, terminó de sucumbir ante los rigores de la droga y la depresión.

Durante ese tiempo, la educación privilegiada que había recibido Sara durante su infancia, le permitió llegar a disponer de los medios económicos necesarios para cubrir tres comidas diarias para ella y su compañera, así como pagar el alquiler de una covacha, que se cubrían con el dinero que Sara obtenía como mensajera para la entrega de dosis de droga a aquellos clientes que no hablaban el idioma local y con los cuales Sara podía comunicarse con fluidez en inglés, francés o alemán.

Luego de la muerte de Chela la situación económica de Sara mejoró aún más, no sólo por tener una boca menos que alimentar, sino también porque ya no debía reponer el dinero de las dosis de droga que consumía su amiga. De esa forma,

Sara logró acumular un pequeño patrimonio que, según ella decía, serviría para financiar un funeral de lujo y para que hubiera flores en su entierro.

Sin embargo, al acercarse el quinto aniversario de la muerte de Chela y cuando Sara estaba próxima a cumplir sus 43 años, un evento absolutamente improbable y extraordinario, transformó su vida por completo.

Luego de entregar un pedido a unos turistas alemanes en las inmediaciones del parque central y de haber cumplido con el depósito del dinero en uno de los múltiples negocios utilizados por la organización para blanquear el dinero proveniente del tráfico de drogas, Sara iba por fin de regreso a su rancho cuando, al doblar la esquina entre la avenida 15 y la calle 23 que tomaba cada día para dirigirse al Barrio Corazón de Jesús, se vio sorprendida por una cinta amarilla que le impedía el paso y que acordonaba un operativo en el que participaban gran cantidad de vehículos de la policía, oficiales arropados con chalecos antibalas y perros entrenados.

Uno de los oficiales uniformados le indicó con brusquedad a Sara que debía alejarse de allí, ante lo cual no le quedó más remedio que continuar por dos cuadras más hacia el oeste para poder retomar su viraje hacia el sur evitando el operativo policial. Fue precisamente por esa razón que, sin haberlo planeado de esa forma, Sara se encontró caminando hacia el sur por la calle 25 cuando el sol comenzaba a ocultarse en el horizonte.

Observando con interés el paisaje de aquella calle desolada por la que nunca solía transitar, Sara se percató de la presencia de un gran contenedor de basura que servía como centro de acopio para la recolección semanal de los residuos sólidos municipales y decidió acercarse para comprobar si su suerte podía depararle algún objeto que le resultase de utilidad.

A primera vista Sara no notó nada que llamara su atención y aunque por un instante sintió curiosidad por una caja de chocolates belgas que ella recordaba de su época de opulencia, pensó que el elevado riesgo de que estuviese completamente vacía no justificaba el esfuerzo de introducirse en el basurero. Decepcionada por su mala suerte, le lanzó un puntapié al contenedor y en ese instante un escalofrío le recorrió todo el cuerpo pues creyó escuchar un llanto como respuesta al sonido metálico producido por la patada.

Conteniendo su aliento para no realizar ni el mínimo ruido y mientras su corazón palpitaba apresuradamente, Sara se puso de puntillas para poder observar la pared más cercana del contenedor y, con el alma colgando de un hilo, pudo observar a la criatura más fascinante que jamás hubiesen contemplado sus ojos. Se trataba de un pequeño de unos dos o tres años con una abundante cabellera rizada, unos hermosos ojos azules y una encantadora sonrisa que sobresalía en un rostro sucio y manchado de sangre.

La descarga de adrenalina que recibió Sara en ese instante fue de tal magnitud que comenzó de inmediato a sudar, se sintió mareada y no pudo contener el vómito. Cuando logró reponerse unos segundos después, Sara volvió a mirar dentro del contenedor para asegurarse de que su imaginación no le hubiese jugado una mala pasada, pero allí estaba aún aquel pequeño que la miraba ahora con profunda emoción y le extendía sus brazos como pidiéndole que lo alzara.

Sara sucumbió nuevamente a sus emociones y se echó a llorar desconsoladamente por espacio de unos cinco minutos, a lo largo de los cuales las principales escenas de su vida pasaron nuevamente ante sus ojos y luego de los cuales tuvo la certeza de que aquel pequeño que le esperaba dentro del contenedor de basura, no podía ser otra cosa que el regalo del cielo que había esperado durante toda su vida y que llegaba ahora contra toda esperanza y de la forma más inesperada posible.

Rebosante de la felicidad más intensa que jamás hubiese experimentado en su vida, Sara se apresuró a apilar algunas bolsas de basura que logró extraer del basurero y subiéndose en ellas logró acercarse lo suficiente al pequeño que, una vez fuera del contenedor, se acurrucó con desesperación contra el pecho de Sara y con una mirada de insuperable ternura le plantó un beso en el cuello que derritió para siempre el corazón de su nueva madre.

Durante los siguientes doce años Sara no dejó de agradecer un solo día al creador por la llegada de su pequeño Isaac, al cual trató de educar de la mejor manera posible luchando hasta su último aliento por mantenerlo alejado del vortex que parecía succionar a todos los habitantes del Barrio Corazón de Jesús para sumirlos en un abismo de violencia y drogadicción. Gracias al amor y a la férrea disciplina impuesta por su madre, Isaac logró esquivar con éxito el segundo de estos flagelos y mantuvo siempre la máxima discreción sobre cualquier conflicto en el que terminaba viéndose involucrado.

Desafortunadamente, la reticencia del chico para compartir con sus amigos los placeres de la droga, generaba desconfianza entre los capos de la pandilla que veían en la fortaleza de carácter y autonomía de criterio de Isaac, una amenaza latente a su autoridad.

Esa fue precisamente la circunstancia que desató el caos, cuando en una de tantas ocasiones en las que Isaac se veía sometido a la presión de sus amigos para compartir una piedra de crack, por un azar del destino Sara se encontró en medio de la escena al doblar una esquina en el camino de regreso hacia su cuchitril.

Contemplando con rabia la situación y, sin tener la oportunidad de pensarlo dos veces, Sara le arrebató la pipa al muchacho que se la ofrecía a Isaac, la arrojó al suelo, la pisó con fuerza destrozando el cristal y luego le asestó una impresionante cachetada al chico que quedó perplejo sin saber cómo reaccionar en ese momento. Luego tomó con fuerza a Isaac de la mano y, mientras el sol se ocultaba en el poniente, lo arrastró tras de ella por el oscuro y angosto callejón que conducía hasta su rancho.

Una vez allí, cerró con fuerza y atrancó la puerta de latas de zinc y, consciente por primera ocasión de lo que acababa de hacer, se desmoronó en un sillón viejo y rompió a llorar sin consuelo.

Isaac por su parte, sentía su cabeza estaba a punto de explotar imaginando las posibles repercusiones que las acciones de su madre podrían generar tratándose de alguien como Ramiro, a quien todos reconocían por su carácter explosivo y por su fascinación y disfrute al amedrentar, torturar o masacrar a aquellos clientes o socios de negocio a los que los capos de la pandilla le encargaban de hacer llegar algún mensaje.

A pesar de estos abrumadores pensamientos, Isaac se arrodilló en el piso y durante varias horas estuvo acariciando la cabeza de su madre y besando con ternura su mejilla salada por las lágrimas, mientras procuraba hacerle creer la mentira de que todo iba a estar bien y que la única consecuencia sería la burla de sus amigos por el hecho de que su mamá se lo hubiese llevado para la casa como si aún fuese un bebé.

Cuando finalmente Sara cayó dormida por el agotamiento físico y emocional, Isaac se levantó, corrió la tranca y abrió lentamente la puerta procurando no hacer ruido y salió al callejón desesperado por ir a buscar a Ramiro para tratar de hacerle entender la situación y solicitar clemencia para su madre.

Al llegar al callejón principal en el que confluían los callejones más estrechos, Isaac se encontró con sus dos amigos más cercanos cuyos rostros pálidos y demacrados reflejaban una enorme ansiedad y preocupación.

El más bajo de ellos, un chico simpático y de mirada astuta al que todos conocían como Goliat, se apresuró a interrogar a Isaac consultándole si su madre estaba mentalmente desquiciada o si no tenía idea de quién era Ramiro.

El otro muchacho conocido como Gato por sus ojos de color gris claro, lo miró con aire sombrío y, hablando de manera muy pausada y entrecortada por el llanto, le confirmó su peor preocupación.

- *Hermano, después de que su mamá jaló y se lo llevó a usted con ella, Ramiro se quedó congelado como por cinco minutos más y luego comenzó a ponerse rojo y a llorar de la cólera. Después recogió un pedazo de vidrio de la pipa que su mamá le destrozó, se hizo él mismo una cortada profunda en el brazo y dijo que la cicatriz le iba a servir como recuerdo del día en que había tenido que castigar a una perra que se atrevió a faltarle el respeto, cortándola en pedacitos delante del pendejo del hijo que ocasionó todo el problema.*

Isaac escuchó absorto la narración de Gato, comprendiendo que su idea de conversar con Ramiro para tratar de interceder por su madre era sólo una idea estúpida e infantil. Entonces miró con tristeza a sus amigos y les habló con franqueza.

- *Compas, creo que todos sabemos lo que va a pasar y no quiero que ustedes tengan problemas por mi culpa. Ustedes saben que yo no puedo quedarme esperando a que Ramiro venga a masacrar a mi madre, así que no me queda más que tratar de echármelo yo primero a él. No me digan que no sea estúpido y que lo más seguro es que Ramiro me va a matar a mí primero porque eso ya lo sé.*

- Goliat, si pasa lo más probable y Ramiro acaba conmigo, por favor vaya donde mi mamá y le mete un balazo en la cabeza mientras esté dormida para que Ramiro no me la vaya a hacer sufrir.

Acto seguido, Isaac se despidió de cada uno de sus amigos con un abrazo y se dirigió hacia una alameda ubicada a unos 700 metros de allí, en la cual Ramiro se había apoderado de la casa de un antiguo cliente al que, un par de semanas atrás, le había entregado el aviso final de cobro de sus deudas.

Los amigos de Isaac reconocían el riesgo de involucrarse en la disputa entre Isaac y Ramiro, así que lo seguían a una distancia prudente impulsados por la curiosidad de conocer el desenlace del conflicto y por la necesidad de saber si requerirían cumplir con la voluntad final de su amigo.

Al llegar a la entrada del callejón que daba ingreso a la casa de Ramiro, Isaac se refugió ente las ruinas de un antro que había sido recientemente consumido por el fuego como producto de una conexión eléctrica clandestina mal ejecutada, esperando poder sorprender a Ramiro cuando pasara por allí.

Mientras tanto, Ramiro continuaba rumiando su ira mientras discutía los últimos detalles de la operación de venganza que planeaba ejecutar con la ayuda de sus dos secuaces más despiadados y leales: Chito y Nano.

Al ser las dos de mañana y cuando Isaac empezaba a verse vencido por el sueño, Ramiro salió por fin de su casa en compañía de sus secuaces, confiado en ejecutar su venganza mientras Isaac y su madre menos los esperasen y con la menor cantidad posible de testigos.

Al escuchar los pasos que se acercaban por el callejón Isaac apartó el velo de la somnolencia, tomó con fuerza la platina afilada de unos 30 centímetros que siempre llevaba consigo como protección adicional al escapulario de la Virgen del Carmen que su madre le había obsequiado y, cuando Ramiro había avanzado unos pasos hacia adelante de su escondite, saltó como una fiera procurando atrapar desprevenida a su presa.

Desafortunadamente, en el silencio de la madrugada la carrera apresurada de Isaac llamó rápidamente la atención de los perseguidos y, a pesar de que Isaac logró asestarle una certera puñalada al hígado de Chito que se adelantó a proteger a Ramiro, los otros dos energúmenos lograron contener sin problemas la arremetida de Isaac y, recargados de furia ante la contemplación de su compañero que se desangraba en el piso, la emprendieron contra la humanidad de Isaac apuñalándolo en múltiples ocasiones.

A poco pasos de allí, Goliat y Gato contemplaban desde la oscuridad de un pórtico cómo su amigo Isaac era masacrado sin piedad y sin capacidad de oponer ninguna resistencia.

Considerando la última voluntad de su amigo que inevitablemente se vería obligado a cumplir, Goliat tomó la beretta 92 que traía oculta entre la pretina del pantalón, pero en lugar de enrumbarse hacia la casa de Sara, se dirigió directamente hacia donde Ramiro y Nano seguían ensañándose contra la humanidad casi extinta de Isaac y, cuando los malhechores repararon finalmente en su presencia, disparó en dos ocasiones a la cabeza de Nano y le descargó los seis tiros restantes a Ramiro que exhaló su último suspiro mientras le miraba con rostro de incredulidad.

Un instante después apareció Gato sujetándose la cabeza con ambas manos y, mirándolo con los ojos desorbitados y la boca abierta, sólo alcanzó a balbucear: - *y ahora…?*

- *Ahora quítale las llaves a Ramiro y vas a traer el carro a su casa porque Isaac se está muriendo.*

Gato se apresuró a recorrer los 50 metros de distancia que existían entre la salida del callejón y la casa de Ramiro y unos minutos después apareció abordo de una honda civic negro con luces de neón que iluminaban el piso bajo el coche. Acto seguido, introdujeron a Isaac en el asiento del copiloto, reclinaron el asiento del conductor para que Goliat pudiese acceder al asiento trasero del vehículo y aceleraron a toda marcha en busca del hospital más cercano. Durante el camino, Isaac permanecía inerte en su asiento y sólo emitía algunos gemidos de dolor que no presagiaban el mejor panorama.

A sólo unos 5 kilómetros se encontraba la exclusiva Clínica San Rafael, ubicada en el Distrito Cuatro donde la opulencia y el glamour reinaban del lado norte del Río Frío, mientras que la miseria y la marginación del Barrio Corazón de Jesús caracterizaban el paisaje en la ribera sur.

Al llegar a la clínica, Gato avanzó sin esperar a que el guarda tuviese la oportunidad de accionar la barrera levadiza que resguardaba la entrada y, colocando el auto detrás de una ambulancia estacionada frente al acceso de emergencias, descendió con prisa del coche, reclinó su asiento para que pudiese bajar Goliat y entre ambos se las arreglaron para cargar a Isaac y llevarlo hasta una camilla ubicada en la entrada del edificio.

Al percatarse de la presencia del herido que sangraba profusamente, un joven paramédico se acercó corriendo a examinarlo y poco segundos después solicitaba apoyo del personal para un código rojo categoría 1.

Ante las miradas inquisitivas que se dirigían hacia ellos y, notando los oficiales de seguridad que se aproximaban al sitio donde habían estacionado el vehículo, Gato y Goliat salieron corriendo velozmente, abordaron nuevamente el vehículo y condujeron a máxima velocidad esperando que la oscuridad de la noche se extendiera lo suficiente como para permitirles regresar el auto a la casa de Ramiro y escapar de allí sin delatar su participación en los acontecimientos de las últimas horas.

Al ser las 3 horas con 18 minutos de la mañana, los conspiradores estacionaron el auto en la cochera de Ramiro, limpiaron con la camisa de Goliat el exceso de sangre que se había impregnado en los asientos de cuero y se alejaron descendiendo con dificultad por el cañón del río para evitar miradas furtivas y procurar estar lo más lejos de allí cuando la luz del alba revelase la mala fortuna de Ramiro y sus secuaces.

Alrededor de las diez de la mañana Gato y Goliat regresaron con su mejor cara de póquer a la pequeña plazoleta donde diariamente se reunía la pandilla y, haciendo uso de sus mejores habilidades histriónicas escucharon con sorpresa la noticia de que alguien se había echado a Ramiro, Nano y Chito y que, aparentemente, podría haber sido obra de Isaac pues estaba desaparecido y su madre lo andaba buscando como loca por todas partes.

Durante las siguientes 48 horas Sara deambuló como alma en pena por todo el Barrio Corazón de Jesús tratando de obtener noticias de su querido Isaac, pero no logró encontrar la más mínima señal que pudiese ayudarle a determinar su paradero.

Su pequeño Isaac se había esfumado de pronto, en una forma casi tan surrealista como había llegado a su vida doce años atrás cuando, sin que Sara lo hubiese nunca imaginado, el chico había sido arrojado a un contenedor de basura por un grupo de secuestradores que se sentía a punto de ser capturado y, sin pensarlo dos veces, dispararon en la cabeza al niño de sólo 3 años para asegurarse de que no pudiese identificarlos. Desafortunadamente, la suerte del pequeño que en aquella ocasión le había permitido recibir sólo un roce que lo dejó inconsciente y a salvo de sus captores, no lo acompañaría en esta ocasión.

Al terminar el segundo día de búsqueda y cuando ya no quedaba nadie más en la calle a quien preguntar, Sara regresó derrotada a su rancho de latas de zinc y, recostándose un instante en su viejo sillón, encendió instintivamente el televisor para caer vencida casi de inmediato por el cansancio y la debilidad ocasionada por los últimos dos días de ayuno, que repercutían con especial severidad en la humanidad de aquella mujer de hierro cuya vitalidad se había venido desgastando por el avance del cáncer de páncreas con el que había luchado en secreto durante los últimos 8 meses.

Sin saber si se trataba de un sueño o de la presencia real de su pequeño Isaac, Sara percibió un beso cálido y húmedo en su mejilla mientras una voz dulce le susurraba al oído:

- *Hola Mamá, te dije que todo iba a estar bien.*

- *Hoy tuve la oportunidad de visitar por un instante a mis padres biológicos, pero mañana te estaré esperando para compartir contigo por siempre.*

- *Gracias por salvar mi vida y por regalarme a la mejor mamá del mundo.*

- *Te amo.*

Despertando sobresaltada, Sara contempló en la televisión la imagen de su pequeño Isaac, mientras el presentador del noticiero informaba sobre el fallecimiento del joven Emilio Sevilla Riva a quien sus padres habían recuperado sin vida luego de haber sido secuestrado 12 años atrás.

Isaac lucía hermoso ataviado con un magnífico traje y una orquídea blanca en su solapa. Un sentimiento de profunda paz y serenidad abarrotó el corazón de Sara que cerró sus ojos y se durmió nuevamente, esta vez para siempre.

El hombre en el espejo

Gabriel despertó aquella mañana de abril con la sensación de encontrarse atrapado en una pesadilla. Su cabeza le dolía como si estuviese a punto de estallar, percibía un sabor acre y fétido en su paladar y un fuego insoportable le quemaba las entrañas.

Poco a poco logró incorporarse de los cartones desgastados en que había pasado la noche y salió por un agujero en la pared de aquel cuchitril abandonado, para tomar el camino que transcurría por un lote baldío ubicado en las márgenes del río María Magdalena hacia el extremo sur del callejón de la puñalada.

En su transitar se encontró con varios de los malvivientes con los cuales había compartido su destino durante los últimos tres años y medio, los cuales lo saludaban con entusiasmo y él les devolvía el saludo identificándolos por sus apodos, pero sin comprender muy bien por qué en aquella mañana, Jota, Bicho feo, Pelé o Chayanne, le resultaban tan familiares, pero a la vez tan desconocidos.

De hecho, cuando Chayanne se le acercó para rogarle si podía prestarle una piedra de crack con la promesa de regresársela más tarde; Batigol (como se identificaba a Gabriel por referencia al célebre goleador argentino Gabriel Batistuta) no lo pensó dos veces para meter la mano en el bolsillo de su camisa y entregarle la única piedra que encontró allí, ante la estupefacción de Chayanne que luego de haber hecho aquella misma petición mil veces, no esperaba que su solicitud pudiese rendir frutos ante alguien como Gabriel que debía conocer muy bien el valor de la promesa de un adicto.

Más estupefacto aún habría estado Gabriel si hubiese sido consciente de que, en aquel momento, acababa de entregar la única dosis que le quedaba y que, en circunstancias normales, habría consumido pocos minutos después de despertar.

Sin embargo, todo era diferente en aquella mañana. De hecho, sólo unos minutos después, cuando Batigol vagaba sin rumbo por la zona roja de la capital, sus ojos estuvieron a punto de salirse de sus órbitas cuando contempló con asombro la imagen reflejada en un edificio con fachada de espejo, en la cual podía apreciarse lo que parecía ser su metamorfosis hacia el mundo de los espectros.

Su piel manchada y curtida por el sol, su extrema delgadez y su vestimenta de harapos, habrían hecho caso imposible para cualquiera de sus compañeros de generación del Colegio Británico, reconocer al Rey del baile de graduación o, para sus compañeros de la facultad de ingeniería, identificar al ganador de la beca Fulbright y presidente de la federación de estudiantes.

¿Podría reconocerlo ella si pudiese verlo en aquel estado? se preguntó Gabriel para sus adentros, cerrando sus ojos para tratar de recordarla.

Con el alma embriagada por la nostalgia, Gabriel repasó en su mente las imágenes de aquella noche en la que celebraba su cumpleaños número 25 junto con sus compañeros de trabajo, en una taberna cercana a la oficina.

Luego de mucha cerveza, un par de tequilas y un coctel extravagante al que llamaban huracán y que dejó dando vueltas su cabeza, Gabriel estaba listo para irse a su casa cuando apareció por allí Nicole, una rubia coqueta y extrovertida que se acercó a la mesa con el pretexto de saludar a su amiga Sylvia, quien además de ser ingeniera practicante en el equipo de trabajo que dirigía Gabriel, resultó ser excompañera de colegio de Nicole.

Cuando Sylvia se vio forzada por la cortesía a presentar a su amiga con el resto de los compañeros de la mesa de tragos, Nicole le dedicó una mirada seductora a Gabriel que lo desestabilizó aún más que si se hubiese tomado otros dos huracanes.

Durante la semana siguiente, Nicole se convirtió en una asidua visitante de su amiga Sylvia, procurando participar en cada ocasión de un encuentro "casual" con Gabriel, quien estaba absolutamente embelesado por ella, pero no encontraba la forma de dar el primer paso.

Al llegar el fin de semana, Gabriel coincidió con Sylvia durante el open house de una nueva torre de condominios diseñada por su firma de ingeniería y, aprovechando unos minutos durante el receso del almuerzo, Sylvia lo buscó para disculparse con él por el evidente acoso de su pseudo amiga Nicole y aclararle que ella se había negado a cumplir el deseo de su amiga de organizarle una cita con él, porque estaba claro que ella no era la chica adecuada para Gabriel.

Con su corazón palpitando aceleradamente Gabriel escuchó las explicaciones de Sylvia, quien le refirió con la mayor discreción posible un par de anécdotas sobre Nicole que explicaban su valoración sobre la prudencia de que Gabriel se mantuviese distanciado de ella.

Sin embargo, luego de las explicaciones pertinentes Sylvia sacó de su bolso una tarjeta perfumada que contenía un número telefónico y el nombre de Nicole con un corazón acentuando la letra i y se lo entregó a Gabriel indicándole que de esa forma daba por cumplida su responsabilidad tanto con Nicole como con él.

Gabriel tomó la tarjeta tratando de no parecer muy ansioso y agradeció a Sylvia: - *Gracias por el mensaje y por el consejo. Creo que posiblemente nunca la llame, pero nunca se sabe.*

El resto de la tarde se convirtió en una verdadera tortura para Gabriel que sólo pensaba en el momento de regresar a su casa para poder llamar a Nicole. A eso de las 9:00 p.m. cuando terminó el cóctel de clausura y el último cliente se había retirado del evento, Gabriel se despidió con prisa de sus compañeros de trabajo y se apresuró a buscar su coche, sin reparar en la expresión de desánimo que su despedida había provocado en Sylvia, que abrigaba en secreto la esperanza de que quizá Gabriel se ofrecería para llevarla a su casa o, por qué no, que quizá podría invitarla a tomar una copa en otro sitio.

Pero Gabriel no tenía espacio en su cabeza para ninguna otra cosa en el mundo diferente de Nicole y, tan pronto llegó a su casa, la llamó procurando no sonar demasiado ansioso. Nicole respondió la llamada fingiendo sorpresa y, cuando Gabriel logró reunir el valor suficiente para invitarla a salir, le sugirió acompañarla el fin de semana siguiente cuando estaría trabajando como impulsadora en un evento que una marca de tablas de surf estaría llevando a cabo en una playa de la costa pacífica.

A partir de entonces, y durante los siguientes cinco meses, Gabriel vagó como alma en pena detrás de Nicole, satisfaciendo sus gustos más extravagantes, acompañándola a numerosos viajes de compras financiados por él, gestionando la remodelación integral de su apartamento, apoyándola financieramente en varias ocasiones en las que su madre enfrentó una emergencia extraordinaria que a ella le daba mucha pena comentar o, incluso, atendiendo sus necesidades de transporte en varias ocasiones en las que

Nicole se vio en la necesidad de acompañar a su amigo gay Javier hasta altas horas de la madrugada.

Al cabo de ese tiempo, Gabriel sorprendió a su familia con la noticia de que se había comprometido en matrimonio con Nicole y que celebrarían su boda en la playa el segundo domingo del próximo mes. El papá de Gabriel estuvo a punto de sufrir un infarto y su mamá no pudo evitar mostrar su cara de pánico ante la apresurada decisión de su hijo.

Sin embargo, todos los esfuerzos para hacerlo reconsiderar su decisión o, como mínimo, posponerla por algún tiempo mientras terminaban de conocerse mejor, resultaron absolutamente infructuosos y sólo sirvieron para distanciar a Gabriel de su familia que, luego de pronunciar palabras muy hirientes hacia sus padres, les dijo que si no deseaban que Nicole formase parte de su familia entonces él tampoco quería tener nada que ver con ellos y les evitaría la molestia de tener que verlo por el resto de sus vidas.

Acto seguido, subió a su habitación, arrojó en su maletín del gimnasio algunas de las cosas que encontró en su closet o sobre su escritorio y bajó decidido a abandonar aquel lugar para siempre. En el camino hacia la puerta principal su madre intentó detenerlo para conversar con él, pero Gabriel le retiró con desprecio su mano del hombro e involuntariamente la golpeó con su antebrazo en el pómulo.

En aquel instante regresaban Emma la hermana menor de Gabriel y su hermano mayor Alberto, quienes habían ido por algunas provisiones al supermercado con la idea de disfrutar de una película en familia. Al ver a su madre llorando y con la mejilla enrojecida mientras su padre trataba de tranquilizarla, Alberto reaccionó arrojando al piso a Gabriel y comenzó a golpearlo con furia mientras que Emma gritaba conmocionada por la pelea.

Tomás, el padre de Gabriel se apresuró a intervenir tomando con fuerza a su hijo Alberto por el brazo y le ordenó retirarse a la cocina. Alberto, que hacía muchos años que no escuchaba ese tono de severidad en la voz de su padre, se levantó en silencio y se retiró seguido de cerca por Emma. Don Tomás contempló a su hijo Gabriel en el suelo con un hilo de sangre que manaba de su labio inferior y, con una mirada de nostalgia e impotencia volteó su rostro y avanzó lentamente en dirección a su estudio. Una vez allí, cerró la puerta con llave y se sentó en su escritorio cubriendo su rostro con ambas manos mientras lloraba profusamente procurando reprimir el sonido.

Al mes siguiente Gabriel celebraba su boda con Nicole en la playa, en compañía de algunos de sus amigos de la universidad y del trabajo (Sylvia había declinado amablemente la invitación) y de los familiares e invitados de Nicole.

Cuatro meses después, en una tarde lluviosa en que Gabriel decidió irse temprano a casa porque tenía un resfrío que lo estaba matando, encontró a Nicole con su amigo gay Javier, participando de actividades que resultaban incompatibles con las explicaciones previas sobre la orientación sexual del amigo de su esposa.

El mundo de Gabriel colapsó en ese instante como un castillo de naipes y, dejando caer al piso las flores que había comprado en el camino para su esposa, dio media vuelta y se retiró en silencio ante la mirada absorta de la pareja que trataba de cubrir su desnudez con las sábanas.

Abrumado por el peso de la vergüenza y la decepción consigo mismo por su falta de criterio y de carácter para juzgar la verdadera naturaleza de Nicole y escuchar las advertencias de su familia o de su amiga Sylvia, Gabriel vagó sin rumbo hasta que se encontró compartiendo una piedra de crack con unos malvivientes que se la habían ofrecido a cambio de su reloj Rolex que, en aquel momento, había perdido todo valor para él al igual que todo lo que pudiese poseer en la vida más allá de su amada Nicole.

Esa piedra de crack se había convertido en el inicio de una pesadilla de 3 años y medio de la cual Gabriel parecía estar despertando en aquella mañana de abril, en la que contemplaba la imagen de su metamorfosis en la fachada de espejo del edificio.

Durante todo aquel tiempo, la droga le había ayudado a escapar de la realidad para refugiarse en un mundo en el que la ausencia de Nicole no pesara más que su propia vida y el dolor de su recuerdo no le hiciere tan difícil mantener la respiración.

Pero hoy el mundo parecía diferente y el recuerdo de Nicole no le evocaba el mismo dolor, sino únicamente la curiosidad de saber qué habría sido de su vida en este tiempo y de cómo estaría su amiga Sylvia.

Contemplando una vez más al hombre en el espejo, Gabriel sintió la imperiosa necesidad de bañarse y de cepillar sus dientes, por lo que se dirigió en busca del supermercado más cercano para comprar un jabón, un cepillo de dientes y una crema dental.

Sin embargo, al querer ingresar al supermercado el guarda de seguridad lo detuvo violentamente y, amenazándolo con un bastón de madera lo amenazó con propinarle una buena golpiza si no se alejaba de inmediato de allí.

Gabriel procuró explicarle su intención al guarda de seguridad, pero, al intentar acercarse para hablarle, el guarda se apresuró en llamar a dos policías municipales que se encontraban cerca y a Gabriel no le quedó más remedio que huir precipitadamente de allí ante el aplauso de varios clientes del supermercado que celebraron la acción valiente y oportuna del guarda de seguridad.

Impotente ante la adversidad de reconocerse indigno de ingresar al supermercado, Gabriel se echó a llorar de la rabia y frustración, apoyándose contra un contenedor de basura ubicado en la calle opuesta al supermercado.

Unos pocos minutos después Gabriel recibió la inesperada visita de su Ángel de la Guarda, personificado en la figura de don Esteban, un hombre negro y de cabello blanco de unos 65 años que tenía un pequeño taller de soldadura a pocos metros de allí y que se vio conmovido por la desgarradora tristeza de aquel indigente que lloraba como un niño desconsolado.

Tan pronto como Gabriel logró sobreponerse de su desasosiego y responder las preguntas de aquel hombre acerca del motivo de su desesperación, don Esteban cruzó corriendo la calle y a los pocos minutos regresó con el jabón, el cepillo de dientes, la crema dental y una caja de pañuelos desechables que le ofreció a Gabriel para que se enjugara las lágrimas, mientras sus propios ojos comenzaban a humedecerse sopesando la situación de aquel pobre indigente.

Sin pensarlo dos veces, don Esteban se decidió a dar un salto de fe e invitó a Gabriel para que lo acompañase hasta su taller, donde disponía de una ducha que utilizaba para asearse al término de la jornada laboral de cada día y así evitar los reclamos de su esposa por la grasa y el polvo que generalmente lo acompañaban de regreso a casa. Gabriel titubeó para aceptar la gentil invitación, pero estaba claro que don Esteban no aceptaría un no por respuesta así que le agradeció conmovido y lo siguió caminando tras de él cabizbajo y a una distancia prudente.

Al llegar al taller, Marco el ayudante de don Esteban, reaccionó sorprendido por aquel malviviente que seguía a su jefe y quiso salir a su encuentro para enfrentarlo, pero don Esteban lo reprendió indicándole que se trataba de un invitado y le pidió traer el maletín que estaba en su oficina, del cual extrajo una toalla, una rasuradora desechable, una crema de afeitar y un desodorante, así como un pantalón de mezclilla y una camisa a cuadros que evidentemente eran demasiado grandes para Gabriel. Acto seguido, se los entregó a Gabriel indicándole la dirección del baño, no sin antes advertirle que la ducha no tenía agua caliente y que en aquella época del año el agua podía resultar un poco fría. También le entregó una bolsa para basura y le pidió que por favor colocara en ella los harapos que tenía puestos, pues apestaban como si llevara encima una rata muerta.

Gabriel estuvo en la ducha por espacio de casi dos horas, durante las cuales don Esteban y su ayudante lo escucharon llorar en varias ocasiones a pesar de sus esfuerzos por reprimir el sonido. Luego salió tiritando de frio y ataviado con la ropa de don Esteban que excedía en al menos dos tallas la medida apropiada para la contextura de Gabriel.

El ayudante de don Esteban se apresuró a servir tres tazas de café caliente y le ofreció una a Gabriel y don Esteban tomó un trozo de pan que le había preparado su esposa y lo dividió en tres porciones ofreciéndole una a Gabriel y otra a su ayudante.

Luego los tres compartieron la merienda sin intercambiar muchas palabras, hasta que el ayudante de don Esteban miró su reloj y se percató que ya se le había hecho un poco tarde y debía apresurarse para alcanzar el autobús de las 6:00 pm. Acto seguido, recogió las tasas de la mesa para lavarlas, cambió sus botas y su uniforme de trabajo por unos tenis, un short de mezclilla y una t-shirt con la imagen de Eddie la mascota de Iron Maiden y se despidió con un "ahí nos vemos".

Gabriel comprendió que había llegado la hora de despedirse y le agradeció a don Esteban por toda su ayuda, prometiéndole regresarle su ropa lo antes posible.

Don Esteban le dijo que no se preocupara por eso y, luego de pensarlo un minuto, le indicó a Gabriel que si lo deseaba podía pasar la noche en el taller y dormir en la hamaca que él había colocado para disfrutar de una breve siesta posterior al almuerzo de cada día. Sin embargo, debía advertirle que el taller quedaría cerrado por fuera con candado pues, aunque no deseaba faltarle el respeto, esperaba que comprendiera que él no podía confiar por completo en alguien que apenas estaba conociendo y arriesgarse a perder la herramienta y los materiales que había adquirido con el esfuerzo de toda una vida.

Gabriel aceptó conmovido la invitación, agradeciendo a Dios por no tener que regresar hasta aquel cuchitril abandonado del cual temía no poder escapar nunca más.

A la mañana siguiente don Esteban llegó temprano al taller cruzando los dedos para que su imprudencia no le hubiese costado muy cara. Traía consigo un pantalón de mezclilla y una camisa que habían pertenecido a Juan Pablo, su único hijo fallecido siete años atrás a pocos días de cumplir sus 25 años, en un accidente de tránsito producto de la velocidad y el exceso de alcohol.

Luego de abrir el candado y retirar la cadena que aseguraba el portón metálico del taller, don Esteban deslizó la puerta corrediza para abrir por completo la entrada y se encontró a Gabriel con una taza de café caliente en su mano revisando los dibujos de algunas de las estructuras metálicas que estaban en espera de ser soldadas.

Gabriel se apresuró a servir otra taza de café para don Esteban y, reiterándole el agradecimiento por haberle permitido pasar la noche en el taller, le preguntó si podía sugerirle algunos ajustes en el diseño de las estructuras que tenía dibujadas. Don Esteban consintió con incredulidad y le entregó a Gabriel la ropa de su hijo indicándole que posiblemente sería más cercana a su talla.

Gabriel agradeció nuevamente la generosidad de don Esteban y se dirigió al baño para cambiar su vestuario. Unos minutos después apareció luciendo la ropa de Emilio que, aun cuando le seguía quedando un poco holgada debido a su extrema delgadez, le hacía parecer como una persona completamente diferente al espectro que don Esteban había rescatado la noche anterior a la salida del supermercado.

Al contemplar a Gabriel con la ropa de su hijo, los ojos de don Esteban se humedecieron y enrojecieron un poco, ante lo cual él se apresuró a culpar al maldito polvo que nunca lo dejaba trabajar en paz. Luego le indicó a Gabriel que podía utilizar su escritorio para apoyar las láminas de diseño y comenzó a pintar las estructuras que habían soldado el día anterior.

Con un renovado aire de entusiasmo y propósito reflejado en sus ojos, Gabriel trabajó durante toda la mañana para rediseñar por completo las cerchas metálicas de una estructura de techo, logrando incrementar la capacidad de soporte y reducir la cantidad de acero en alrededor de un veinte por ciento gracias a la aplicación de sus conocimientos como ingeniero estructural.

Al acercarse el mediodía le entregó a Don Esteban unas láminas con el detalle completo de las diferentes piezas de la estructura, el calibre de acero requerido, las guías de corte para optimizar el aprovechamiento de los perfiles y la sugerencia sobre el tipo de electrodo por utilizar.

Don Esteban contempló boquiabierto el trabajo, preguntándose cómo putas había hecho aquel muchacho de la calle para producir algo así. Sin embargo, comprendiendo que no era el momento de iniciar un interrogatorio se limitó a felicitarlo y le dijo que, aunque él no disponía de recursos económicos para pagarle, si era de su interés trabajar como ayudante en el taller él podía brindarle hospedaje y tres comidas diarias mientras encontraba una mejor alternativa.

En aquellas circunstancias, el ofrecimiento de don Esteban fue percibido por Gabriel como la mejor oportunidad laboral que se hubiese atrevido a soñar en su vida y, con la voz entrecortada por la emoción, le agradeció conmovido a Don Esteban prometiéndole hacer su máximo esfuerzo para no decepcionarlo.

Esa tarde cuando el sol se había ocultado casi por completo y la limitada iluminación del taller hacía imposible continuar trabajando, don Esteban buscó la cadena y el candado para asegurar el portón del taller y, cuando sólo quedaba una pequeña abertura para terminar de cerrar la puerta corrediza, le indicó a Gabriel que se apresurase a salir cuando ya él se aprestaba a recostarse en la hamaca.

Devastado por esa indicación, Gabriel avanzó cabizbajo hacia la salida mientras don Esteban terminaba de cerrar la abertura y asegurar el portón con la cadena y el candado.

Al completar las maniobras de cierre, don Esteban se percató de que Gabriel había desaparecido y dirigiendo su mirada en diferentes direcciones lo observó avanzar taciturno hacia el contenedor de basura donde lo había encontrado llorando el día anterior.

Apresurando el paso para alcanzarlo, don Esteban lo llamó preguntándole hacia dónde diablos se dirigía si la casa se encontraba en la dirección opuesta. Gabriel tardó varios minutos en comprender que don Esteban no le había solicitado abandonar el taller para echarlo a la calle, sino porque había decidido hospedarlo en su casa.

Abrumado por tal cortesía, Gabriel caminó las ocho cuadras que separaban el taller de la casa de don Esteban avanzando un par de pasos atrás de su benefactor y rogándole a Dios que le diera las fuerzas necesarias para no recaer en el vicio y causarle algún daño a aquel gran hombre que había enviado a salvarlo.

Don Esteban ingresó por un pequeño portón blanco que daba acceso a una casa de madera muy humilde pero impecablemente pintada y adornada por un hermoso jardín y un acogedor pórtico en el que esperaba una mujer de contextura delgada y baja estatura, con mirada vivaz y cabello de plata que le aportaban un aire de suficiencia y autoridad y dejaban absolutamente claro quién era el alfa de la manada.

Embelesado ante la presencia de su mujer, don Esteban subió los dos escalones que llevaban del jardín al corredor y se inclinó para recibir un amoroso beso de bienvenida. Luego volvió su mirada a Gabriel y le dijo: - *ella es mi esposa Teresa, la que manda en esta casa y en mi corazón.* Posteriormente, miró a Teresa diciendo: - *amor, este es el muchacho del que te comenté ayer.*

Teresa percibió de inmediato el titubeo de su marido y, teniendo claro que él no se había preocupado por conocer el nombre de su invitado, se apresuró a decir: - *Bienvenido. Este enorme tarado de acá es mi esposo Esteban y sus modales no son los que le enseñó mi suegra, quien posiblemente se sentirá muy apenada allá en el cielo.* - *¿Cuál es tu nombre?*

- *Yo soy Gabriel señora. Gabriel Hernández García*, respondió Batigol recordando la que había sido su identidad en una época muy lejana.

Doña Teresa les indicó a ambos que ingresaran a la casa, pero que no olvidaran sacudir sus pies en la alfombra de la entrada pues no quería que ensuciaran el piso con eso polvo metálico que su esposo generalmente traía consigo del taller. Una vez dentro le entregó a Gabriel una mudada de ropa limpia y una toalla indicándole la puerta del baño para que se duchase antes de la cena.

Cuando Gabriel se alejó un poco y cerró la puerta del baño, Teresa le susurró a su marido indicándole su valoración inicial. - *Está demasiado flaco, así que voy a tener que ajustar las medidas de la ropa vieja de Juan Pablo porque parece un tonto sin mamá.* - *Tiene cara de buena gente y parece bien educado.* - *Que Dios nos acompañe y nos guíe para hacer lo correcto.* - *Anda vos también para el baño porque estás lleno de polvo y apestas a sudor.*

Acto seguido, Teresa se dirigió a la cocina para terminar de preparar la cena, mientras una sonrisa se insinuaba en su rostro pensando en ese pobre muchacho que le recordaba un poco a su adorado Juan Pablo.

A partir de aquella noche, don Esteban y doña Teresa se convirtieron en la familia adoptiva de Gabriel. Don Esteban le brindaba la confianza para explorar nuevas ideas en el taller y se esforzaba por acometer los nuevos proyectos procurando vencer su propia resistencia a asumir riesgos. Doña Teresa se esmeraba por identificar y complacer sus gustos, buscando restablecer la capacidad de Gabriel para amar y sentirse amado, como si se tratase de la adopción de un cachorro previamente maltratado.

Gabriel trataba por su parte de mantenerse digno de la confianza de aquellas buenas personas y de contribuir con todo su conocimiento y esfuerzo para retribuirle a don Esteban por la oportunidad que le había otorgado cuando nadie en su sano juicio se habría atrevido a hacerlo.

Con la ayuda de Gabriel, el pequeño taller de soldadura de don Esteban se transformó en sólo cuatro años en una pequeña empresa de estructuras metálicas, modernizando por completo las herramientas de trabajo y empleando a doce personas adicionales. Asimismo, como resultado del creciente reconocimiento del mercado sobre la excelente relación costo-calidad de sus trabajos, cada día se les invitaba a cotizar para proyectos de mayor volumen y complejidad.

Fue precisamente en una de esas ocasiones, cuando acompañaba a don Esteban a visitar un proyecto de condominios residenciales de lujo para el cual se les había solicitado presentar una oferta, cuando Gabriel se encontró con la sorpresa de que la ingeniera a cargo de la obra no era otra que su antigua amiga Sylvia.

Al ingresar a la salita donde se llevaba a cabo la presentación del proyecto, Gabriel contempló a aquella mujer de contextura menuda, pelo negro azabache y ojos verdes que seguía siendo tan hermosa como ocho años atrás, pero cuya madurez y experiencia acumulada la hacían aún más atractiva. Ella explicaba los detalles de la contratación requerida y no se había percatado de la presencia de Gabriel hasta que don Esteban levantó su mano para realizar una pregunta.

Al enfocar su mirada hacia el sitio en que se encontraban don Esteban y Gabriel, Sylvia quedó paralizada y boquiabierta, se quitó sus gafas como si quisiera asegurarse de que no se trataba de una aparición y luego avanzó con prisa hacia Gabriel y lo abrazó con fuerza.

Cuando Sylvia al fin lo soltó, Gabriel le presentó a su mentor y benefactor Don Esteban y bromeó con él diciendo: - *Bueno, parece que no vamos a poder ofertar en este proyecto porque podrían surgir algunas dudas sobre la objetividad y transparencia de nuestra adjudicación.* Sylvia por su parte replicó: - *Esa es una pésima noticia para el proyecto, pero la verdad es que esta sorpresa me ha alegrado el día y va a ser muy difícil borrar esta sonrisa de mi cara.*

Al finalizar la reunión, Sylvia le hizo prometer a Gabriel que se reuniría con ella muy pronto para ponerse al día sobre los principales acontecimientos en la vida de ambos y lo despidió con un fuerte abrazo y un beso en la mejilla, agradeciendo también a don Esteban por su visita y por traerle a su amigo sano y salvo.

En el camino de regreso a casa, don Esteban no resistió la tentación de hacerle ver a Gabriel que esa hermosa e inteligente muchacha estaba realmente feliz de haberlo encontrado y que, en su limitada experiencia sobre los asuntos del corazón, parecía bastante obvio que ella seguía enamorada de él. Gabriel, que no se sentía especialmente confiado de su buen criterio para esos temas, se mostró sorprendido y le preguntó a don Esteban si pensaba que aquella hermosa mujer, a quien siempre había respetado y admirado y con quien disfrutaba especialmente de compartir su tiempo, podría verdaderamente poner su atención en alguien tan X como él.

- *¿Qué rayos quieres decir con tan X?* preguntó don Esteban. - *No lo sé, alguien demasiado random* contestó Gabriel. - *¿Y qué putas significa alguien demasiado random?* preguntó entonces don Esteban. - *Eso sería alguien como yo,* contestó Gabriel. - *Alguien que no destaca por ningún* *motivo en particular. Ni muy simpático, ni muy guapo, ni muy inteligente, ni muy popular, ni muy chistoso, ni muy intrépido. Nada diferente de lo habitual.*

Don Esteban escuchaba atento las explicaciones de Gabriel, preguntándose cómo era posible que aquel muchacho cuya genialidad les había llevado a crear una gran empresa en sólo cuatro años, a quien sus clientes reconocían como un ejemplo de honestidad, transparencia y buena fe a la hora de hacer negocios; a quien sus empleados valoraban como un gran mentor; que había impulsado a Marco a terminar su educación secundaria y a certificarse como profesional en metalmecánica y soldadura; que había actuado siempre con el mayor respeto, nobleza y consideración ante él y su señora esposa; no lograse darse cuenta de su extraordinario valor y se identificase a sí mismo como alguien "tan x".

Esa noche a la hora de la cena cuando don Esteban le comentó a doña Teresa acerca del inesperado encuentro con la bella ingeniera que había resultado ser amiga de Gabriel, ella trató de motivarlo diciéndole que podría ser una buena idea permitirle a esa bella chica ingresar de nuevo en su vida.
- *Además debes tener presente que mi negro y yo ya no somos tan jóvenes y no podemos esperar demasiado tiempo para disfrutar de nuestros nietos adoptivos.*

Conflictuado entre la ilusión que le producía el reencuentro con Sylvia y la resistencia a reabrir las heridas del pasado y enfrentar las repercusiones de su egoísmo e intransigencia, Gabriel decidió que era el momento de abrir su corazón a su familia adoptiva para que pudiesen comprender mejor su situación y, quizá, ayudarle a enfrentar sus miedos.

Fue así como Gabriel le relató a su familia adoptiva acerca de sus limitadas habilidades de socialización que le habían dificultado sus relaciones interpersonales durante la época de colegio y universidad; la llegada de Nicole a su vida y su fascinación al verse cortejado por aquella rubia hermosa y extrovertida, que nunca consideró que estuviese a su alcance; los consejos de su amiga Sylvia que él no estaba listo para aceptar; los señalamientos de su familia sobre lo precipitado de sus decisiones que lo habían llevado a distanciarse por completo de ellos; la infidelidad de Nicole y su incapacidad para aceptar la situación y volver a mirar al rostro a todos aquellos que le habían aconsejado alejarse de ella; su refugio en el infierno de las drogas para tratar de escapar de la realidad y no pensar en nada más; el renacer de su consciencia al descubrir que el recuerdo de Nicole se iba esfumando poco a poco y la ira y el dolor cedían su lugar a la indiferencia.

- *Quiero darles las gracias a ustedes por haberme rescatado del vacío y por haberme acompañado como mis ángeles guardianes a lo largo de este camino. Sin embargo, Nicole destrozó mi autoestima y aunque quizá pueda perdonarla algún día, estoy seguro de que no tendría las fuerzas para soportar una decepción similar. Además, no estoy convencido de querer escuchar el discurso de todos los que tendrán el derecho a decir "te lo dije".*

Cuando Gabriel finalizó su relato, doña Teresa lo abrazó y lo besó en la frente. Luego se enjugó las lágrimas que corrían por sus mejillas y le habló con ternura: - *Mi pequeño muchacho. No hay duda de que para ser un genio eres bastante tonto.*

- *La felicidad no depende de encontrar a la persona correcta. Sólo debes estar con otra persona porque tú eres feliz mientras estás con ella y porque el estar juntos los convierte en la mejor versión de sí mismos. Sólo puedes ser feliz con alguien más, si antes aprendes a ser feliz contigo mismo.*

- Yo sé que mi negro me ama, pero más importante aún es que yo me amo a mí misma y, cuando tengo un día difícil, pienso que existe alguien incluso más grande que me ama tanto que soportó ver a su hijo morir en una cruz por salvarme.

- Quizá no te hayas percatado de eso, pero por la forma en que hablaste de Nicole es evidente que ya la perdonaste hace mucho tiempo. Ahora sólo falta que aprendas a perdonarte tú por haberla amado más que a ti mismo.

- Tienes que aprender a ver el extraordinario valor que tienes. Eres un hombre noble y bueno, honesto, trabajador, inteligente y de buen corazón. Además, estás bastante guapo y eres socio de una exitosa empresa de estructuras metálicas. Lo más importante, has descendido hasta el más profundo de los abismos y has tenido la fuerza para levantarte y resurgir de las tinieblas.

- No sé quién es el hombre al que ves en el espejo, pero te aseguro que yo veo a alguien a quien admiro profundamente y por el que agradezco cada día a Dios por haberlo puesto en mi camino.

- Estoy segura de que las personas que te aman estarían muy felices de saber que estás bien y eso les importará mucho más que decir "te lo dije". En todo caso, si eso llega a suceder tú te callas, admites que tenían razón y sigues adelante. No es importante lo que los demás piensen sobre ti, sino que tú mismo aprendas el valor que tienes, que estés feliz contigo mismo y que si no lo estás, hagas los cambios que sean necesarios.

- Si llegaras a tropezar de nuevo, sólo tienes que levantarte, sacudirte el polvo de las rodillas, dar gracias a Dios de que tienes muchas personas que te aman y te valoran por quien verdaderamente eres, y correr hacia acá donde siempre te

estaremos esperando con los brazos abiertos. Si la vida te da limones, aprende a hacer limonada.

- Creo que ya no puedes seguir esperando para hacer las paces con el resto del mundo y eso incluye por supuesto a tu familia biológica.

Cuando doña Teresa terminó sus reflexiones, don Esteban la miró con orgullo y admiración, luego volteó su mirada hacia Gabriel y le dirigió unas breves palabras:

- No hay mucho que yo pueda agregar a eso.
- Sólo quiero decir que te admiro profundamente y que cada noche agradezco a Dios por haberme dado la oportunidad de recibir a un segundo hijo al que amo tanto como al primero.
- Creo que es hora de recuperar tu vida y dejar cicatrizar las heridas. Tu siempre vas a ser nuestro hijo, pero es justo que tu familia biológica sepa que estás bien.
- Esta siempre será tu casa y tu empresa siempre te estará esperando. No te presiones y trata de ir un paso a la vez.
- Hay una hermosa y talentosa chica esperando tu llamada y tendrías que ser muy estúpido para dejar pasar la oportunidad. Si yo tuviese treinta y cinco años menos y no estuviese profundamente enamorado de Tere, creo que posiblemente ya la habría llamado yo para invitarla a salir.
- Mañana será un día importante, así que mejor nos vamos a dormir porque ya se ha hecho un poco tarde.
- Gracias por abrirnos tu corazón y recuerda que siempre estaremos aquí para lo que necesites.

Cuando don Esteban y doña Teresa se levantaron de la mesa para dirigirse a su habitación, Gabriel avanzó hacia ellos, los abrazó con fuerza y les agradeció conmovido: - Ustedes son de las mejores cosas que me han sucedido en la *vida. Los amo profundamente y siempre ocuparán un lugar especial en mi corazón. Me han dado mucho en qué pensar y desde hoy haré mi mejor esfuerzo para apreciar mejor al hombre en el espejo.*

En términos de una semana, Gabriel encontró el coraje necesario para llamar a Sylvia e invitarla a desayunar el fin de semana. Sylvia aceptó encantada la invitación y desde las ocho de la mañana hasta las seis de la tarde del sábado siguiente le dedicó por completo su atención, sin acosarlo con preguntas que quizá él no estuviese listo para responder, enfocándose en el presente sin caer en la tentación de hurgar en la misteriosa época perdida de su amigo y deslizando con sutileza sólo unas pocas cápsulas de información sobre la familia biológica de Gabriel tales como la buena salud de sus padres y hermanos, el matrimonio de su hermana y la llegada de su nuevo sobrino con quien ahora compartía el nombre. Gabriel disfrutó enormemente la conversación y cuando Sylvia le indicó que debía retirarse para llegar a tiempo a la misa de siete a la que asistía siempre con su familia, él la abrazó con fuerza, la besó en la frente y le agradeció por permitirle disfrutar de uno de los mejores días de su vida. Sylvia se despidió besándolo en la mejilla y agradeciéndole por hacer su día especial.

Durante la cena del miércoles siguiente y cuando era evidente que Gabriel no tenía espacio en su cabeza para ninguna otra cosa, doña Teresa y don Esteban se vieron nuevamente en la necesidad de avivar la voluntad y el espíritu de su muchacho.

- ¿Cuánto tiempo más vas a esperar para llamar a esa hermosa chica de nuevo?, preguntó don Esteban. - ¿Es que acaso no piensas que ella pueda ser la indicada?

- Con la cara de bobo que traías cuando regresaste el sábado, yo pensé que habías disfrutado mucho su compañía. Agregó doña Teresa.

- Creo que ese es el problema, respondió Gabriel. No dejo de pensar en ella y me muero de las ganas por verla nuevamente, pero no quiero que se sienta acosada y me preocupa que ella no esté interesada en mí.

El semblante de doña Teresa cambió súbitamente y adquirió un tono de severidad que Gabriel no había conocido antes. Luego habló lentamente y vocalizando cuidadosamente cada una de sus palabras:

- Mi adorado muchacho, deja de estar pensando estupideces y ocúpate de hacer lo que te toca a ti, que ella decidirá lo que mejor le parezca.

- Si tú la llamas y ella no quiere salir contigo o le parece muy apresurado, entonces que te lo diga y listo. La comunicación clara y honesta es una de las cosas más importantes en una relación, así que no tienes que estar suponiendo lo que ella pueda pensar cuando tienes la opción de preguntárselo.

- Si ella no está interesada en ti para una relación afectiva, también está en todo su derecho y tú verás si te interesa mantener su amistad que también podría ser muy valiosa.

- No sé lo que puedas pensar tú, pero al menos yo no pasaría diez horas conversando con cualquier idiota que me invite a desayunar si no estoy interesada en él.

- Ahora vete a tu cuarto para que puedas reflexionar y conversar con el hombre en el espejo, antes de que tenga que pedirle a Esteban que me preste su faja para darte un par de azotes.

Acto seguido, doña Teresa se levantó de la mesa y se retiró a su habitación.

Don Esteban miró a Gabriel, levantó sus hombros e hizo una mueca de sorpresa que parecía decir: - *Ahora sí que estás en problemas*, y caminó tras su esposa hacia la habitación.

Gabriel permaneció en la mesa por algunos minutos más, meditando acerca de la simpleza y sabiduría de las palabras de doña Teresa y preguntándose si la amenaza de los azotes habría sido simplemente retórica, aun cuando la expresión de don Esteban sugería que podía ser mejor tomársela con seriedad. En cualquier caso, decidió que lo más prudente era evitar la necesidad de averiguarlo, así que recogió con prisa la vajilla de la mesa, lavó y secó los platos, apagó las luces de la sala y la cocina y se fue a su habitación para cumplir con la indicación de Doña Teresa.

Al día siguiente, Gabriel llamó nuevamente a Sylvia para invitarla a cenar y ella aceptó encantada la invitación. Durante las cinco semanas sucesivas, los amigos se encontraron cada jueves y sábado para ir al cine o al teatro, salir a comer, asistir a misa o pasear por el parque, sin preocuparse por etiquetar su relación y sin que Sylvia pretendiese nunca hurgar en el pasado reciente de Gabriel o presionarlo para acercarse a su familia biológica.

Luego de ese tiempo, y al acercarse la celebración del cumpleaños número 70 de don Esteban, doña Teresa le indicó a Gabriel que ya era buena hora para conocer a su futura nuera, así que no dejase de invitarla el próximo sábado cuando harían un almuerzo con los muchachos del taller para agasajar a don Esteban.

Al terminar la celebración de ese día, doña Teresa le transmitió a Gabriel sus impresiones sobre su amiga Sylvia, resaltando la sencillez, cordialidad y prudencia de la muchacha, así como el profundo respeto y admiración que reflejaba hacia él. Asimismo, le dijo a su muchacho que debía prestar mucha atención, pues su intuición femenina le decía que ella quería comunicarle algo importante, pero que posiblemente no lo haría hasta estar segura de que él no fuese a sentirse irrespetado o presionado por su indiscreción.

- *Es interesante, pero de alguna extraña forma me parece que ella podría ser tan tonta como tú. Sólo espero que no sea un tema generacional y que no se transmita genéticamente a mis nietos.*

El jueves siguiente los amigos se reunieron nuevamente para cenar y, justo después de cancelar la cuenta y cuando Sylvia estaba a punto de terminar el postre, Gabriel la tomó de la mano y le habló con ternura:

- *Creo que tú sabes lo importante que eres para mí y en realidad me harías muy feliz si quisieras ser mi novia y me permitieras soñar con un futuro juntos. Sin embargo, me da la impresión de que hace algunos días que quieres decirme algo y me preocupa que quizá yo no he logrado inspirarte la confianza necesaria para que puedas sentir la tranquilidad de hablarme con franqueza de cualquier cosa que te preocupe. La verdad es que he pasado algunos años difíciles, pero siento que Dios me ha dado la bendición de rodearme de ángeles que me han ayudado a sanar poco a poco mis heridas y a aprender a conocer y valorar mejor al hombre al que veo cada día en el espejo.*

Visiblemente conmovida por la emoción, Sylvia se enjugó con la servilleta las lágrimas que rodaban lentamente por sus mejillas e inició con prudencia su réplica:

- *No sabes lo feliz que me hace escuchar que hoy por fin puedas ver en el espejo a ese hombre maravilloso que cautivó mi admiración desde el día en que llegué a tu oficina como practicante hace unos ocho años y del que me enamoré perdidamente pocos meses después. La verdad es que sí he querido hablar contigo desde hace algunos días, porque sentía la necesidad de decirte que no quisiera equivocarme de nuevo y hacerme ilusiones contigo si tú sólo quieres verme como tu amiga.*

- También necesitaba decirte que, aunque respeto tus decisiones y doy gracias a Dios por haberte dado una nueva familia adoptiva, si tú quisieras tener un futuro conmigo yo necesito que tengas el valor de luchar para recuperar esa otra parte de tu vida a la que estás renunciando por temor a afrontar las consecuencias de tus errores del pasado. Yo admiro y respeto a tu familia y tengo una especial amistad con tu hermana, así que no puedo soportar más tiempo sin poderles decir que estás bien y que sus oraciones han sido escuchadas.

- Gracias por animarme a hablar con franqueza. Te prometo que nunca volveré a ocultarte mis sentimientos y espero que tú también sientas la confianza de decirme siempre lo que piensas, aunque yo pueda pensar diferente.

Luego de unos breves segundos de reflexivo silencio, Gabriel y Sylvia se incorporaron de la mesa, se fundieron en un fuerte abrazo y luego de un apasionado beso, caminaron de la mano hacia el sitio donde habían estacionado el coche.

Al llegar a la casa de Sylvia, Gabriel le dio un beso de despedida y ella le preguntó si lo vería el próximo sábado a lo que él amablemente respondió: *- Sabes que me encantaría, pero la verdad es que hay algo importante que necesito hacer ese día.* Sylvia lo miró con complicidad y le agradeció en silencio con un beso.

Al terminar la cena del siguiente día, Gabriel habló con don Esteban y doña Teresa para contarles que al día siguiente iría a visitar a su familia biológica.

- La verdad es que me asusta un poco, pero es algo importante que necesito hacer. No sé siquiera si estarán allí o

si estarán dispuestos a verme, pero quiero decirles que sin importar lo que suceda mañana, ustedes siempre serán mi familia y me llena de orgullo y gratitud el hecho de que me hayan permitido ser su hijo.

- Tú, papá; me rescataste de la basura y confiaste en mí cuando ni yo mismo lo hacía. Eres el hombre más correcto y noble que conozco y espero que un día mis hijos puedan aprender tanto como yo he aprendido de ti.

- Tú, mamá; me llenaste de amor y me has enseñado a amarme y a respetarme a mí mismo. Me has devuelto la vida y nunca podré pagarte por tus enseñanzas y tu infinita generosidad.

- Si Dios me ayuda, quizá mañana recupere esa otra parte de mi historia, pero les aseguro que nunca renunciaré a esta familia y nunca dejaré de agradecer a Dios por la bendición de encontrarlos.

Con lágrimas en los ojos, doña Teresa miró a su hijo del corazón y tomando a su esposo de la mano le habló pausadamente.

- Mi adorado muchacho. Tú has sido una bendición para nosotros y nos has permitido recuperar la alegría que habíamos perdido cuando nuestro hijo Juan Pablo partió al cielo. Ha sido un privilegio tener a un hijo tan talentoso y noble como tú.

- La noticia de que estés listo para buscar a tus padres biológicos me hace la mujer más feliz del mundo, porque significa que tus alas rotas han sanado al fin y ahora estás listo para volar de nuevo.

- Esta siempre será tu familia y aunque tú pudieses pensar diferente, nosotros nunca permitiremos que te alejes de nosotros.

- Gracias por este día maravilloso y ahora me voy porque necesito planchar tu camisa para que mañana puedas lucir presentable.

Acto seguido, doña Teresa se levantó de la mesa, besó a su hijo en la frente mientras lo encomendaba a Dios y se fue hacia el cuarto de pilas en busca de la plancha.

Don Esteban avanzó hacia su muchacho y lo abrazó con firmeza. Le dio un beso en la mejilla y se retiró a su cuarto mientras una lágrima indiscreta transcurría por su mejilla. Gabriel suspiró conmovido por la expresión de cariño de su padre, comprendiendo que, para un hombre tan reservado y poco comunicativo como él, esa acción decía más que mil palabras.

El día siguiente, Gabriel salió muy temprano con dirección a la hacienda de sus padres, haciendo sólo una pequeña escala para desayunar en el camino.

Al llegar al portón de madera de la entrada, Gabriel decidió estacionar su vehículo en el camino público de lastre y caminar los doscientos metros de la calle empedrada que daba acceso a la casa principal.

La hacienda estaba tan hermosa como la recordaba de una década atrás, aunque a cierta distancia se visualizaban dos casas nuevas que acompañaban a la casa principal y que Gabriel supuso que serían las de su hermano Alberto y su hermana Emma.

Luego de recorrer un poco más de la mitad del camino de piedra, Gabriel observó que en un potrero cercano algunos hombres trataban de ayudar a una vaca a parir, dentro de los cuales logró identificar a su padre. Con cierta dosis de nerviosismo, Gabriel abrió el portillo de la cerca de alambre de púas y comenzó a avanzar lentamente por el potrero hacia el sitio donde se encontraba don Tomás en compañía de otros dos vaqueros, sin que ninguno de ellos hubiese reparado en la presencia del inesperado visitante.

Una vez que los vaqueros lograron hacer girar el ternero para que pudiera nacer y retiraron el moco de la nariz y boca para que pudiese respirar, se felicitaron mutuamente celebrando la supervivencia de la vaca y el becerro.

Fue entonces cuando don Tomás se percató de la presencia de Gabriel y, luego de pestañear con fuerza un par de veces para descartar que se tratase de una aparición, corrió hacia él y lo abrazó con sus brazos ensangrentados arruinando para siempre la camisa que doña Teresa se había esmerado tanto en aplanchar.

Llorando de emoción como un niño pequeño al recibir un cachorro en el día de navidad y, sin poder articular palabra alguna, don Tomás tomó a su hijo de la mano y lo condujo con prisa tras de sí en dirección a la casa principal. Al ingresar por la puerta de la cocina comenzó a llamar a gritos a su esposa Susana quien apareció un instante después, visiblemente preocupada de que algo malo hubiese sucedido. Cuando su esposa ingresó a la estancia, don Tomás le dio un tirón al brazo de Gabriel para que se ubicara junto a él y, profundamente conmovido le dijo a su amada Susana: - *Amor, mira lo que Dios nos ha regalado el día de hoy.*

Susana dejó caer al piso la taza de café que tenía en su mano y corrió a abrazar a su hijo llenándolo de besos. Luego se abrazaron los tres y lloraron juntos por varios minutos hasta que doña Susana se tranquilizó un poco y llamó a la muchacha que le ayudaba en los deberes de la casa. - *Carmen por favor mándale un mensaje a Emma y a Alberto para que vengan lo antes posible y prepara lo mejor que exista en nuestra despensa para el almuerzo de hoy.*

El resto de día de Gabriel transcurrió entre más abrazos y lágrimas de sus hermanos, presentaciones de las parejas de

Emma y Alberto, las preguntas de su encantador sobrino Gabriel y la alegría desbordante de don Tomás y doña Susana que no podían creer que habían recuperado a su amado hijo.

Al llegar la noche, Gabriel le dijo a su familia que debía regresar a la ciudad y, ante la frustración e incredulidad de sus padres y hermanos que no podían aceptar que Gabriel no permaneciera en casa, les contó sobre su familia adoptiva que también estaría esperándolo con ansiedad y a quienes no tenía forma de comunicar que no llegaría a dormir.

Con cierta dificultad y desánimo sus padres le manifestaron su comprensión y aceptación ante la necesidad de su partida, pero le hicieron prometer que regresaría lo más pronto posible en compañía de sus ángeles guardianes, a quienes tenían tanto que agradecer.

A la semana siguiente, Gabriel se hizo acompañar por don Esteban y doña Teresa, así como por su novia Sylvia, a quienes don Tomás y doña Susana recibieron con los brazos abiertos y les hicieron sentir como en casa.

Cinco años más tarde, Gabriel recorría una vez más el camino de piedra en compañía de su esposa Sylvia y de su hijo Juan Pablo, para visitar a sus padres don Tomás y doña Susana, así como a don Esteban y doña Teresa a quienes la familia había convencido de mudarse a vivir en la hacienda.

Cuando compartían todos juntos el café de la tarde, Gabriel se puso de pie y les habló desde lo más profundo de su corazón:

- *Ustedes son la mayor bendición que he recibido en mi vida y nunca dejaré de agradecer a Dios por ponerlos en mi camino.*

- *Gracias al amor de todos ustedes, hoy trato de sentirme orgulloso del hombre que veo cada día en el espejo.*

- Las cosas no resultan todos los días como las había planeado y no siempre obtengo los resultados que quisiera, pero hoy tengo claro que mientras Dios no disponga lo contrario, siempre tendré una oportunidad para hacerlo mejor mañana.

Amigos para siempre

Era una hermosa tarde de verano, el cielo se encontraba completamente despejado de nubes y su color azul hacía resaltar aún más las verdes montañas que flanqueaban la ciudad capital desde el oeste. Julián se encontraba de un excelente humor, pues hoy había tenido la suerte de recibir muy buenas propinas de los conductores a los que él les limpiaba el parabrisas de su vehículo, cuando se detenían en el semáforo ubicado en la intersección de la avenida de la independencia con la calle ocho.

Por supuesto que seguían siendo mayoritarios los conductores que lo rechazaban cuando él les sonreía y les mostraba el cepillo de esponja y la botella de jabón con atomizador que utilizaba para limpiar los parabrisas a cambio de alguna moneda. Algunos de ellos no podían ocultar su repulsión al contemplar esa sonrisa macabra que mostraba sólo unos pocos dientes desgranados, disparejos y casi desechos por el ácido de la droga. Otros fingían no notar su presencia; e incluso algunos se arrogaban el derecho de censurar el modo de vida de Julián y trataban de aleccionarlo reclamándole que en lugar de estar pidiendo limosna debería dejar de ser tan vago y buscarse un trabajo de verdad.

En cualquier caso, Julián se sentía muy satisfecho de lo conseguido hasta esa hora de la tarde y sabía que pronto pasaría por allí Nacho para entregarle los 20 paquetes del día, cada uno de los cuales contenía 20 piedras para vender a los clientes que comenzarían a frecuentar la zona al caer la noche y 5 piedras de comisión para él.

Ese acuerdo le hacía sentirse muy confiado, pues desde que su nueva amiga había llegado a su vida, Julián había logrado controlar mejor su ansiedad y, luego de llegar a fumarse hasta

150 piedras en un solo día, ahora difícilmente consumía mas de 90 pues pasaba una buena parte de su tiempo caminando y jugando con su amiga.

Alrededor de una hora más tarde, un vehículo Honda Civic coupé color negro, con vidrios polarizados, llantas de perfil bajo arqueadas hacia adentro, un par de grandes relojes adicionales en el tablero de instrumentos y demás fetiches acostumbrados por los "rápidos y furiosos", se estacionó a un costado de la avenida a pocos metros de donde se encontraba Julián. Reconociendo de inmediato el automóvil de su proveedor, Julián se apresuró entusiasmado para recibir la mercancía.

Sin embargo, al acerarse a la ventanilla del conductor, Nacho le colocó su glock 9 mm debajo de la barbilla y le indicó que subiera al asiento del acompañante para dar un paseo. Julián quedó paralizado por el terror y, sin atreverse a decir nada, giró rápidamente por el frente del vehículo, abrió la puerta y se sentó en silencio para no arriesgarse a molestar a su captor.

Nacho condujo en silencio un par de calles hacia el sur, para luego ingresar al estacionamiento subterráneo de un edificio en ruinas. Una vez que se aseguró de que estaban completamente solos, le ordenó a Julián que bajara del vehículo y luego descendió él apuntándole a su acompañante con su pistola.

La indumentaria de Nacho, conformada por una pantaloneta larga y una camisa de tirantes de los Pistons de Detroit que permitía mostrar sus brazos musculosos y llenos de tatuajes de calaveras y demonios, sumada a los seis tatuajes de lágrimas que adornaban su rostro, el cabello rapado al estilo de los skinheads neonazis y la clandestinidad del sitio elegido para "el paseo", no permitían suponer a

Julián que aquello se tratase de un día de campo en compañía de un amigo.

Unos pocos pasos más adelante, Julián se detuvo horrorizado al contemplar en el suelo los despojos de una chica que yacía completamente desnuda y que había sido golpeada brutalmente hasta un punto en que su rostro no permitía identificar con facilidad si se trataba de un ser humano. Sus extremidades también mostraban señales de múltiples amputaciones y sus partes íntimas evidenciaban las más abominables torturas.

Sin mostrar la más mínima perturbación, Nacho tomó por el cabello a Julián, lo obligó a contemplar por varios segundos aquella escena dantesca y luego habló con naturalidad:

- *Sharon te presento a nuestro amigo Julián.*

- *Julián, ella es nuestra amiga Sharon. Al igual que tú, Sharon se olvidó de pagarnos nuestra mercancía o quizá pensó que no existiría ningún problema si sólo se retrasaba un poco. Después de todo, son diez años trabajando juntos y ella maneja un volumen de 50 paquetes por noche, así que no debería ser problema tomarse libre la noche de su cumpleaños. El problema es que quizá su fiesta de cumpleaños estuvo demasiado animada y Sharon no pudo recordar qué pasó con nuestro producto.*

Espero que ese no sea tu caso Julián pues, como seguramente comprenderás, nuestro problema con Sharon nunca se trató de la pérdida de 1.000 insignificantes piedras de crack con un valor de dos dólares cada una, sino del mensaje que se le envía a nuestros 75 o 100 colaboradores adicionales, que podrían pensar que tienen la libertad de tomar decisiones por nuestra cuenta.

Con la voz entrecortada por el pánico y sin poder superar aún la indignación por la indiferencia que mostraba Nacho ante la presencia de aquel despojo humano que alguna vez había llevado el nombre de Sharon, Julián trató de explicar que él nunca se habría atrevido a faltarles el respeto y que posiblemente todo se debía a un malentendido pues, justo antes de salir a caminar con su amiga, él le había dado el dinero a su amigo Pelusa para que se los entregase.

Tomando nuevamente a Julián por el cabello, Nacho lo obligó a mirarlo directamente al rostro y, con una mirada que le heló por completo la piel le habló muy lentamente:

- *Julián, a mí me interesan muy poco tus amistades y no recuerdo haber designado nunca a tu amigo Pelusa como nuestro mensajero. Afortunadamente me caes bien, así que voy a confiar en ti por esta ocasión y te voy a dar la oportunidad de que resuelvas este inconveniente.*

Acto seguido, abrió la cajuela del vehículo y tomó una bolsa de color oscuro que contenía los 20 paquetes asignados a Julián y se los entregó diciéndole: - *Tienes hasta la medianoche para entregarme los mil seiscientos dólares que me debes. Espero que no me falles, porque a ti no podré tratarte como a una dama y, posiblemente, no tendrías tanta suerte como Sharon. Ahora lárgate de aquí antes de que cambie de opinión o decida meterte un tiro por haberme obligado a ensuciar mi automóvil para traerte hasta acá.*

Julián salió huyendo de aquel lugar tan rápido como pudo y, al llegar al nivel de la calle, sintió como si una enorme losa de concreto le hubiese caído encima, haciendo desaparecer por completo el positivismo y alegría que lo habían acompañado previamente y dando paso a los más lúgubres sentimientos.

Después de todo, aunque las propinas del día habían sido generosas, nunca alcanzarían para cubrir los ochocientos dólares de la mercancía del día anterior. Por otra parte, sabía que no tenía sentido tratar de subir el precio del producto de ese día, pues sus clientes posiblemente acudirían donde alguien más. Finalmente, estaba la opción de obtener dinero vendiendo alguna mercancía que pudiese conseguir asaltando a algún peatón desprevenido, pero al caer la noche el flujo de incautos que transitaban por aquella peligrosa zona de la ciudad se reducía drásticamente y, en todo caso, la baja estatura y extrema delgadez de Julián no le otorgaban grandes fortalezas para el asalto callejero, como lo había podido comprobar en otros tiempos en que su necesidad de consumir excedía por mucho la comisión que podía obtener de su proveedor, lo que lo llevaba a intentar robar el bolso o la cadena de algún transeúnte que, en no pocos casos, terminaba por darle una buena paliza.

Luego de valorar sus opciones, Julián decidió que posiblemente lo más conveniente era tratar de vender su mercancía lo más pronto posible y que, si le agregaba otras 50 piedras de su comisión, eso le permitiría obtener 100 dólares más para abonar a su deuda. Agregando los 200 dólares que había logrado obtener de la limpieza de parabrisas, aún le restaría por completar otros 500 dólares que no tenía la más mínima idea de cómo podría conseguirlos. Bajo este panorama, también parecía inevitable tratar de localizar a su amigo Pelusa, para ver si aún conservaba al menos una parte del dinero que él le había entregado la noche anterior.

A eso de las 10:30 p.m. Julián había logrado completar la venta de la mercancía del día y se había esforzado al máximo para consumir únicamente 25 dosis, con la cual había logrado añadir a sus ventas las otras 75 piedras de su comisión. Asimismo, el recuento de las propinas de los conductores le había aportado 240 dólares adicionales, lo que lo dejaba con un déficit de 410 dólares por completar.

Sin ninguna otra alternativa por explorar, decidió que era el momento de ir en busca del Pelusa que en aquel momento podía ser, literalmente, su única oportunidad de salvación.

Desafortunadamente, luego de buscarlo sin éxito por alrededor de 45 minutos, Julián se encontró con un viejo conocido al que todos conocían como Fetus, quien le contó que a su amigo Pelusa se lo habían llevado hacía algunas horas en ambulancia.

- *Es increíble lo rápido que sucedió todo, relató Fetus. Alrededor de las ocho de la noche se apareció por aquí el Pelusa con una bolsa enorme de rocas y comenzó a invitar a todo el mundo, pues nos dijo que ayer había topado con suerte así que había encargado un paquete extra para disfrutar con sus amigos. Ese loco fumaba sin parar como si no existiese un mañana, y puede que así haya sido para él.*

- *El Pelusa estaba eufórico cantando y riendo a carcajada limpia, hasta que de un momento a otro se tomó la cabeza con ambas manos y comenzó a gritar de dolor y a golpearse contra las paredes. Un instante después no recordaba donde estaba y no comprendía por qué todos teníamos nuestras miradas apuntando hacia él. Luego comenzó a vomitar y a convulsionar fuertemente, para luego quedar paralizado por completo y con sus ojos fijos y apuntando hacia direcciones distintas.*

- *Los paramédicos de la ambulancia que se lo llevó dijeron que posiblemente se trate de una hemorragia intracerebral, la cual aparentemente es muy común en los casos de sobredosis extremas de cocaína y crack. Además, nos dijeron que más de la mitad de las personas que sufren una hemorragia de ese tipo mueren en unas pocas semanas y, los que sobreviven, pueden recuperar con el tiempo la consciencia y algunas de sus funciones cerebrales, pero casi nunca recuperan todas las funciones perdidas.*

Luego del relato de Fetus, a Julián no le quedó ninguna duda de lo que había pasado con su dinero de la noche anterior y, a pesar de sentir lástima por lo que le había ocurrido al Pelusa, no pudo evitar pensar que había cierto grado de karma involucrado en la situación. En cualquier caso, era absolutamente evidente que la opción de recuperar alguna parte de su dinero se había esfumado por completo y que posiblemente tampoco existiría un mañana para él.

Al ser las 11:30 p.m. parecía que lo más sensato era aceptar su destino, así que pensó en que podría ser buena idea darse un último gusto y quizá comprar un par de gramos de coca para un último viaje con estilo. Después de todo, a quién debería importarle pagar diez veces más cuando se trataba de su última cena.

Fue entonces cuando le vino a la mente la imagen de su amiga y decidió que su mejor alternativa era despedirse de este mundo disfrutando de una cena especial con ella. Ansioso por materializar su brillante idea, se marchó en dirección al mejor restaurante de la zona, buscó al guarda de seguridad, le entregó los 1.190 dólares que llevaba consigo y le pidió que por favor le ayudara a ordenar dos churrascos de 500 gramos, una cerveza importada y un vaso de leche y guardara el cambio como agradecimiento por todas las veces en que le había permitido hurgar en los basureros en busca de comida.

Luego de recibir su pedido, Julián salió con prisa hacia el lote baldío donde solía pasar la noche, durmiendo en las ruinas de una vieja casa parcialmente demolida en las que guardaba un colchón roto, algunos trapos sucios que le servían para abrigarse en las noches más frías y una cajita de lata oxidada con una foto de su madre y una postalita de la Virgen del Carmen.

La felicidad de su amiga al ver llegar a Julián no podía ser mayor, movía su cola como si fuese a desprenderse de su cuerpo y gemía esperando que él se acercase hasta el sitio en que ella se encontraba amarrada para acariciarla. Cuando Julián caminó hacia ella y le soltó el collar que la sujetaba, Kuma lo llenó de besos festejando con una euforia y emoción que la hacía soltar unos pequeños charcos de orina.

Julián la abrazaba y le rascaba el cuerpo y la cabeza, mientras lloraba profusamente pensando en el excepcional cariño que recibía de su amiga y que lo hacía sentir más amado de lo que nadie lo había hecho jamás.

Kuma por su parte, no podía ser más feliz de recibir las caricias del amigo que había salvado su vida cuando sus antiguos dueños la habían abandonado al borde la muerte luego de una pelea de perros clandestina en la que ella había llevado la peor parte. Julián había cuidado con paciencia de sus heridas, la había alimentado renunciando en muchas ocasiones a su propia comida, había elegido su compañía por encima de la escapatoria de la droga cuando ella necesitaba salir a caminar o jugar con su pelota y le había mostrado lo que se sentía ser amada por primera vez en su vida.

Una vez que Kuma se tranquilizó un poco, Julián buscó la bolsa de sus compras, vertió el vaso de leche en el tazón de agua de su amiga, tomó el churrasco de su amiga y lo partió en varios trozos para que no lo comiera todo de una sola vez, dio un buen par de mordiscos a su propio churrasco, destapó su Stella Artois y brindó a la salud de su mejor amiga.

A eso de la 1:30 a.m., Julián escuchó el honda civic detenerse en la calle frente al lote baldío. Procurando evitar problemas para su amiga, le colocó nuevamente el collar a Kuma para amarrarla y se dispuso a afrontar su destino. Unos minutos después llegó Nacho con la glock 9 mm en su mano y le habló con frialdad a Julián: - *Creo que ya sabes por qué estoy aquí y no va a ser nada bueno para ti que me hayas hecho venir hasta este mierdero.*

Acto seguido, Nacho le disparó a Julián en la pierna y le habló nuevamente: - *Si me entregas ahora mi dinero te prometo que haré esto más fácil para ti y sólo te meteré un tiro en la cabeza. Sin embargo, parece que has tenido tu última cena aquí* - dijo mientras tomaba la botella de Stella Artois - *así que me temo que vas a tener que acompañar una vez más a nuestra amiga Sharon.*

Dicho esto, Nacho tomó del pelo a Julián para arrastrarlo hasta su automóvil, pero en ese momento la American Staffordshire Terrier reventó la gruesa cadena con la que la había sujetado Julián y atacó con furia el cuello del agresor de su amigo. Nacho detonó en dos ocasiones su glock contra el cuerpo de Kuma, pero ella no soltó su yugular hasta asegurarse de que su amigo no corría peligro.

Cuando Nacho dejó de respirar por completo, Kuma se arrastró gimiendo hasta donde estaba Julián, quien sangraba profusamente de la herida en su pierna. Julián contempló llorando a su fiel amiga que había sido herida de muerte y respiraba con dificultad. Luego revisó su propia herida, la cual amenazaba con hacerlo morir desangrado si no la atendía con prontitud.

Sin pensarlo dos veces, tomó a Kuma en sus regazos y comenzó a besarla y acariciarla hasta que ella se fue tranquilizando lentamente y se quedó finalmente dormida. Una debilidad creciente fue invadiendo poco a poco a Julián, quien también cayó dormido sólo unos minutos después.

Al despuntar el sol, los primeros rayos iluminaron la escena compuesta por Julián recostado contra la pared de la casa en ruinas, con la barbilla reposando contra su pecho y rodeando con su brazo a su amiga Kuma que parecía dormir plácidamente sobre su regazo.

El cuarto del tesoro

Sebastián despertó aquella mañana con especial energía y entusiasmo. Saltó de su cama, corrió al baño a ducharse, se vistió con su mejor ropa de domingo y bajó a desayunar con una gran sonrisa en su rostro.

Saludó con un beso a su madre y a su padre y chocó cinco con su hermana pequeña mientras transmitía el mensaje de buenos días para cada uno de ellos.

Al terminar el desayuno, ayudó a lavar y secar los platos y luego salió al jardín para darle su comida a Luna y jugar un rato con ella lanzándole su pelota favorita.

Luego convenció a su padre de jugar un rato con él en su consola de videojuegos y, después de haberle propinado un par de palizas en Super Smash Bros y haberlo llenado de goles en FIFA 21, apareció su madre para decirles que ya era hora de emprender el camino hacia la casa de los abuelos.

Sebastián se apresuró a apagar y desconectar la consola y subió corriendo al baño para descargar la vejiga y no tener que solicitar ninguna parada técnica en el camino, pues el trayecto hasta la casa de los abuelos generalmente demoraba entre 45 minutos y 1 hora.

Alrededor de las 11:30 a.m. la familia arribó al chalet de los abuelos maternos y, luego de haber intercambiado los besos y abrazos de rigor, los pequeños se entretuvieron jugando un rato con Sócrates (el border collie de su abuelo), mientras los adultos se ponían al tanto de las últimas noticias e intercambiaban opiniones sobre los acontecimientos políticos más recientes.

Al ser las 12:30 p.m., Juanita, la asistente doméstica de los abuelos, les anunció que el almuerzo estaba listo y la mesa preparada en el comedor principal.

Una vez que todos estuvieron instalados en sus puestos, el abuelo tomó su copa e invitó a los presentes a brindar por la salud de Sebastián que hoy celebraba su cumpleaños número 12 y, según el estándar familiar, abandonaba oficialmente la niñez para adentrarse en la adolescencia.

Al terminar el almuerzo, el abuelo le entregó a Sebastián su obsequio de cumpleaños. Una magnífica navaja "Spearpoint Marlin III" con un hermoso mango grabado a mano con incrustaciones de oro de 24 quilates de Tim George y Lisa Tomlin, enquistadas en una impresionante pieza fósil de 10.000 años de antigüedad de un diente de mamut lanudo; hoja de damasco "Hornets Nest" forjada a mano por Mike Norris y botón de bloqueo de una mano y botón para el pulgar con incrustaciones de piedras preciosas de ónix negro.

- *Luego del café, cuando visitemos el cuarto del tesoro, podré contarte un poco más sobre ese objeto. Sin embargo, te convendría estudiarlo un poco más para que puedas apreciar mejor su valor y comprender que no debes andar jugando con eso por ahí como si se tratase de una navaja cualquiera.*

Sebastián no cabía de la emoción al contemplar la belleza de su obsequio, pero más aún por la expectativa de conocer finalmente el cuarto del tesoro, el cual siempre había capturado su atención, pero el abuelo mantenía incólume como la única habitación de la casa estrictamente prohibida para niños.

Cuando el abuelo terminó finalmente su segunda taza de café, se levantó de la mesa y extendió su mano hacia Sebastián invitándolo a acompañarlo: - *Vamos muchacho, te invito un chocolate de postre en el cuarto del tesoro.*

Sebastián saltó apresuradamente de su silla, tomó la mano de su abuelo y se despidió de sus padres con cierto aire de suficiencia: - *Bueno, nos vemos en un rato.*

Luego se dirigió a su hermana con tono de autoridad: - *Tú puedes ir a jugar un rato con Sócrates y yo te alcanzo más tarde.*

Acto seguido, caminó junto a su abuelo hasta el final del pasillo y, al llegar a la última habitación de la izquierda, esperó ansioso mientras don Esteban extraía de su bolsillo una llave de apariencia antigua con la cual quitó el cerrojo para luego abrir las dos hojas de madera e invitar a su nieto a pasar adelante.

Cuando su abuelo cerró nuevamente la puerta con llave desde el interior de la habitación, Sebastián se sintió como transportado a una película de Indiana Jones en la que cada objeto que le rodeaba parecía extraído de una expedición arqueológica.

El cuarto del tesoro estaba en realidad conformado por tres salones interconectados, en el primero de los cuales se podía apreciar un imponente escritorio de pedestal doble en madera rojiza, con una superficie de escritura de cuero verde y un hermoso borde tallado con figuras de dragones y flores, que don Esteban presentó orgulloso como un escritorio de hongmu (palo rosa) del siglo XIX y obsequiado por el secretario general del partido comunista de China.

El escritorio estaba acompañado por un cuenco cilíndrico en madera veteada de tono ámbar dorado, que parecía destinado a cumplir una función de basurero, pero que nadie en su sano juicio se atrevería a profanar de esa forma si supiese que se trataba de una pieza de la dinastía Qing del siglo XVIII y elaborada en madera de huanghuali (Dalbergia odorífera).

Sobre el escritorio, en algunas mesitas de mármol ubicadas en las diferentes esquinas del salón y en una gran vitrina con varios estantes y puertas de cristal que ocupaba casi por completo una de las paredes de aquella estancia, podían apreciarse diversas figuras en madera, cerámica, jade, bronce y otros materiales, de las cuales el abuelo fue presentándole algunas como, por ejemplo: una talla de madera de un elefante adulto caminando con su cría, recibido como obsequio del presidente de la República de Sudán del Sur; una figura en bronce de un búfalo de agua (Carabao) tirando de un carro de piedra guiado por un conductor de bronce y asentado sobre una base de granito, regalo del presidente del Senado de Filipinas en ese entonces, Ferdinand Emmanuel Marcos; un infusor de té en forma de pingüino obsequiado por Hassanal Bolkiah, sultán de Brunei; una base circular de oro con estatuas de plata de dos cabras salvajes y un árbol del que cuelga un reloj de oro, cortesía de su Alteza el Jeque Hamad bin Khalifa al-Thani, Emir del Estado de Qatar; una escultura de porcelana del Arco de Hadrian sobre un pedestal en ónix negro obsequiado por su Majestad el Rey Abdullah II ibn Al Hussein, del Reino Hachemita de Jordania; dos estatuas de bronce, la primera de una mujer llevando un cántaro de agua sobre la cabeza y un niño pequeño a la espalda y la segunda de un hombre con un sombrero cónico y cargando una vara sobre sus hombros de la que colgaba un cántaro de agua en cada extremo, regalo del presidente del Partido Socialista de Burkina Faso; una estatua de un oryx árabe fabricada en oro, ónix, esmeraldas y diamantes, obsequiada por el Vice-Primer Ministro y Ministro de Asuntos Exteriores de Catar; una cabeza de dragón de cerámica recibida como obsequio de un miembro del Comité Central del Partido Comunista de Vietnam, un par de enormes vasijas de cerámica con patrones florales en rojo, azul y dorado enviadas por el Ministro de Asuntos Exteriores de China; y muchas otras esculturas, vasijas, grabados y platones cuya historia tendría que esperar para una próxima visita.

Al ingresar al segundo salón, la atmósfera del lugar cambiaba por completo pues la decoración estaba dominada por espadas, dagas ceremoniales y otras armas, así como por esculturas ecuestres, escudos de armas y pinturas con paisajes que evocaban grandes batallas.

Algunos de los objetos que más llamaron la atención de Sebastián fueron el cuchillo ceremonial Khanjar de plata esterlina con su vaina decorada magníficamente con filigrana de plata y tapizada en la parte posterior con cuero, obsequiado por su Alteza Real el Príncipe Salman bin Hamad bin Isa al Khalifa, Rey Adjunto y Príncipe Heredero del Reino de Bahrein; una espada de acero de 20 pulgadas en una vaina incrustada de piedras preciosas cortesía del Sultán de Malasia; un arma tradicional maorí hecha de piedra verde sagrada y conformada por una maza corta de hoja ancha, regalo del Primer Ministro de Nueva Zelanda; un daga ceremonial de plata con piedras de coral negro como obsequio del Primer Ministro de Algeria; una daga con vaina de cuero y plata y broche en oro de 18 kilates con zafiros, cortesía del Ministro de Asuntos Exteriores de Arabia Saudí; una espada con una cabeza de Medusa en la empuñadura del Ministro de Defensa de Grecia; y un Fusil del Imperio Otomano obsequiado por el Primer Ministro de la República de Bulgaria.

También destacaba una escultura en vidrio azul grisáceo de Bucéfalo, el caballo de Alejandro Magno enviada por el Ministro de Asuntos Exteriores de Francia; y un gran cuadro de seda con seis caballos galopando, cortesía del Vicepresidente de la República Popular de China.

El tercer salón parecía ser el menos suntuoso y el más íntimo de todos. Las paredes estaban decoradas con diferentes tapices que probablemente eran demasiado valiosos como para pisarlos y dentro de los que resaltaban: una alfombra tradicional tunecina tejida a mano con diseños geométricos y algunos otros detalles principalmente en negro, amarillo, blanco y azul con una etiqueta que la identificaba como un obsequio del Primer Ministro de Túnez; una alfombra de color rojo con adornos azules y borlas blancas cortesía del Presidente de la Cámara del Pueblo de la República Islámica de Afganistán; una magnífica alfombra de seda persa obsequiada por el presidente del Kurdistán y comandante en jefe de las Fuerzas Armadas Peshmerga en el norte de Irak; una alfombra de lana y seda tejida a mano con un medallón en el centro sobre un campo abierto de oro y rodeado por múltiples patrones florales de oro pálido, verde, rojo, amarillo, azul real, blanco, crema y marrón, obsequio de un coronel retirado del ejército de Kuwait; y una alfombra de seda tejida a mano estilo Samarcanda-Bukhara, con diseños del árbol de la vida y recibida como un obsequio del Presidente de la República de Uzbekistán.

En el rincón más próximo a la ventana que iluminaba la habitación, Sebastián pudo apreciar un hermoso mueble de biblioteca con una gran cantidad de libros, así como varias medallas, pergaminos, reconocimientos, órdenes de mérito y otras distinciones recibidas por su abuelo en diferentes países del mundo.

Junto a la biblioteca se encontraba una silla de lectura victoriana en madera de caoba de mediados del siglo XIX, con respaldo curvo, tapizada en cuero y con su apoyabrazos derecho equipado con un atril de lectura extraíble, el cual le había sido obsequiado por un amigo inglés de su época de universidad.

A uno de los costados de la silla se ubicada una hermosa lámpara de pie tallada en madera y destinada a aportar luz para facilitar la lectura y, al otro, un extraño objeto que Sebastián no alcanzaba a comprender pero que, definitivamente, no parecía pertenecer a aquel sitio.

Sobre un pedestal de madera de ébano y dentro de una urna de cristal rectangular de unos 15 centímetros de ancho por 30 centímetros de altura, sobresalía un cubo de espinela roja de unos 5 centímetros por cada lado, al cual estaban adheridos dos pilares de platino que terminaban en forma de una "T" con dos pequeños topes a ambos costados y que servían como soporte para una pieza de metal deformada y parcialmente oxidada que parecía haber sido en algún momento una llave de cubos, pero que ahora sería completamente inútil.

Sebastián miró desconcertado a su abuelo preguntándole que por qué estaba eso allí y si es que acaso la piedra roja que estaba adherida a la pieza de metal tenía algún valor especial y no había sido posible despegarla sin dañar la piedra.

Don Esteban lo miró con cariño y trató de explicarle pacientemente.

- *Ciertamente la espinela natural roja es una piedra muy interesante, pues tiene una dureza de 8 en la escala de Mohs, sólo superada por el corindón (cuya variedad roja es conocida como rubí y la azul como zafiro) y el diamante.*

- *Las piedras de espinela roja más hermosas y con mayor pulido natural fueron muy apreciadas durante la Edad Media por su similitud con los rubíes y existen algunas de ellas que ocupan un lugar importante en la historia, como la que adorna la corona de Catalina la Grande o el Rubí Príncipe Negro que adorna la Corona Imperial del Estado de la monarquía británica.*

- También el platino del cual están hechos los pilares que soportan la pieza es un material muy valioso, pues es muy resistente a la corrosión y no se disuelve en la mayoría de los ácidos.

- Incluso el ébano, del cual está hecho el pedestal que soporta la urna de cristal de Bohemia, se considera actualmente una de las maderas más valiosas del mundo.

- Sin embargo, nada de ello se acerca al valor de la pieza que contribuyen a exhibir.

A pesar de que Sebastián escuchó con gran interés la explicación de su abuelo, la expresión en su rostro delataba que nada de lo que había escuchado le había servido de mucho para despejar su inquietud.

Al percatarse de ello, su abuelo le dijo que quizá sería conveniente contarle un poco de historia para poner las cosas en perspectiva.

- Creo que no hemos hablado mucho sobre esto, pero yo he pasado la mayor parte de mi vida trabajando como asesor en estrategia y comunicación política.

- Mi trabajo me ha llevado por muchas partes del mundo y me ha permitido conocer a muchos líderes políticos, algunos de los cuales son grandes seres humanos, pero otros no tanto.

- En las ocasiones en que mi trabajo ha contribuido para alcanzar las metas que esos líderes políticos se habían propuesto, algunos de ellos me han querido expresar su gratitud mediante la entrega de obsequios magníficos de gran valor monetario, como los que has podido observar el día de hoy.

- En algunas culturas, la magnificencia de los obsequios debe ser reflejo de la excelencia de quien los entrega y, por tanto, en ciertas ocasiones el obsequio corresponde más a una costumbre protocolaria para reflejar la grandeza de quien *los entrega, más que a una verdadera manifestación de afecto o estima hacia su destinatario.*

- Asimismo, independientemente de cuan magnífico u ostentoso pueda parecer un obsequio, posiblemente sólo represente una parte insignificante de la riqueza de quien lo entrega.

- Ahora bien, el objeto que tú pudiste contemplar en esa urna de cristal, me fue entregado hace unos 25 años mientras me encontraba en un viaje de trabajo por Costa Rica.

- La agenda de reuniones era un poco ajustada, así que no tenía mucho tiempo disponible para almorzar y opté por comprarme una hamburguesa y un te frío en un restaurante de comida rápida que tenía habilitada la opción de pedido y entrega desde el vehículo.

- Al salir del establecimiento, me detuvo la luz roja del semáforo y, cuando estaba por darle el primer mordisco a mi hamburguesa, se acercó a mi ventana un muchacho andrajoso de unos 17 años cuyo rostro reflejaba los horrores de la adicción a las drogas y me preguntó si podía darle una moneda para comprar algo para comer.

- Teniendo claro que posiblemente esa moneda la utilizaría para comprar droga, decidí entregarle mi hamburguesa y té frío, los cuales recibió con una expresión de felicidad que he visto muy pocas veces en mi vida.

- Cuando estaba por reanudar mi camino al cambiar el semáforo, el muchacho llegó corriendo nuevamente hasta mi ventana y me dijo que quería darme un obsequio.

- Fue entonces cuando me entregó ese cubo dañado con el cual lo había visto entretenerse mientras esperaba en el semáforo y que, posiblemente, era lo único que tenía en ese momento.

- Yo recibí la pieza con cierto recelo, pero esa noche al llegar a mi hotel me di cuenta de que, desde que nuestro Señor vio a su hijo morir en una cruz para salvarnos, nadie me había dado tanto de lo que tenía por hacer tan poco por él.

- Es por ello que decidí construir un recipiente que le hiciera justicia al objeto más valioso que existe en toda esta habitación.

- Y ahora que has escuchado mi historia, creo que es hora de regresar con la familia para que puedas apagar las velas y disfrutar de tu pastel de cumpleaños.

Sebastián asintió con su cabeza a la propuesta del pastel de cumpleaños, satisfecho de haber desentrañado al fin el misterio del Cuarto del Tesoro.

Si alguien le preguntase, posiblemente su objeto favorito sería la daga ceremonial de plata con piedras de coral negro, obsequiada por el primer ministro de Algeria, pero ya no tenía ninguna duda de cuál de los tesoros era el más valioso de todos.

Dj Fénix

Las estrechas calles del Barrio Los Ángeles estaban colapsadas por el tumulto de gente que se había congregado ante el rumor sobre el regreso de uno de los mayores íconos de la música electrónica.

Habían transcurrido cerca de cuatro años desde que el genio despareciera por última vez, y muchos se preguntaban si acaso su luz se habría extinguido ya para siempre. Sin embargo, por ínfima que pudiese parecer la probabilidad de que el rumor resultase verdadero, la expectativa de compartir una vez más junto a la leyenda justificaba cualquier esfuerzo y todos sabían que, en cualquier caso, el unicornio nunca se dejaba observar por largo tiempo.

Posiblemente por ello, la fauna citadina que merodeaba aquella noche se presentaba especialmente diversa y, en la enorme explanada que daba acceso a las naves industriales donde se presumía que podría acontecer el milagro, se abarrotaban desde los personajes más superferolíticos y aterciopelados hasta los más chabacanos y arrabaleros, pasando por los más eclécticos y mesurados.

De igual forma, en los limitados espacios de estacionamiento disponibles, a ambos costados de la vía o sobre las aceras en un radio de seis cuadras alrededor del complejo industrial, podían apreciarse desde los últimos modelos de Maseratti, Porsche, Audi, BMW, Mercedes Benz y otras marcas de lujo, hasta los más destartalados coche bomba y los poco pretenciosos Toyota, Nissan, Kia, Hyundai, Volkswagen y muchos otros, que reflejaban la amplia gama de poder adquisitivo y condición socioeconómica de los convocados.

Unos minutos después de las 10:30 p.m., la muchedumbre enloqueció por completo cuando una de las naves industriales del complejo se iluminó con una tenue luz ultravioleta y, desde un cañón de luz, se proyectó en el cielo el símbolo del ave fénix que todos reconocían como la señal inequívoca del regreso del ídolo.

La histeria colectiva que se apoderó de la multitud se manifestó en múltiples desmayos, llanto desconsolado, incontinencia urinaria, euforia desatada y una estampida corriendo hacia los portones metálicos que empezaban a elevarse y que, afortunadamente, no dejó como saldo ninguna persona herida de gravedad.

Los portones del edificio parecían ser la puerta a otra dimensión, pues luego de desplazarse solo unos pocos pasos hacia el interior del inmueble, los visitantes se veían enfrentados a una atmósfera creada por una densa niebla, unas ráfagas de viento helado impulsadas por enormes ventiladores ocultos que arrojaban escarcha ligeramente salada hacia la audiencia, una iluminación sombría dentro de la cual sobresalía una luna llena atrapada entre varios jirones de nubes, un sonido ambiente que mezclaba el ruido del viento con el murmullo lejano de las olas, un suelo cubierto por completo de arena con varios montículos y hondonadas en los que era fácil tropezar y en el que se distribuían algunas palmeras y troncos arrastrados por la marea, y un leve aroma a sal, algas y pescado, que se conjugaban para confundir por completo el cerebro y hacer imposible la distinción entre la ficción y la realidad.

Unos pocos minutos después, las nubes que cubrían el cielo comenzaron a disiparse y la luna iluminó la silueta de una imponente réplica de La Venganza de la Reina Ana, el célebre navío del pirata Barba Negra.

Entonces, un anfitrión se dirigió a la audiencia desde el puesto del vigía en el palo mayor: - *Gracias a todos los que están aquí, porque han demostrado ser los más devotos seguidores del maestro que hoy renace nuevamente de sus cenizas. Ha llegado el momento de decirle cuánto significa su presencia para nosotros y agradecerle por permitirnos acompañarlo en este mágico recorrido.*

Inmediatamente después, en las velas que cubrían los tres mástiles apareció un código QR que habilitaba el acceso a la plataforma de donaciones administrada por la productora del espectáculo y, diez minutos después, las casi catorce mil almas que se habían congregado para el evento habían transferido un total de US$2,308,775 producto de una contribución promedio de US$167 por asistente.

Fue entonces cuando, en el castillo de popa junto al timón, la multitud en júbilo pudo observar la silueta de un corsario apostado frente a un enorme escritorio semicircular en el que se ubicaba su macbook pro, mezcladores Pioneer CDJ y DJM Tour, sintetizadores Roland TR-909, TR-808, SH-101, DrumBrute Impact y Octatrak MKII, secuenciadores Moog Matriarch y Moog Grandmother, teclados Roland JD-800 y Korg MS-20, entre muchos otros equipos.

Un instante después, innumerables explosiones de luz y juegos pirotécnicos iluminaron toda la cubierta del navío y los 40 cañones ubicados en ambos costados y en la parte posterior del Venganza de la Reina Ana dispararon bolas de fuego que estallaban en el aire desperdigando miles de serpentinas y cintas de neón que llenaban de color el ambiente. Al mismo tiempo, una densa niebla comenzó a cubrir toda la superficie hasta la altura del torso y los velámenes reflejaron diferentes iconografías en luz de neón que aparecían y desaparecían aceleradamente, acompañando sonidos en frecuencias bajas y agudas que oscilaban entre los

120 y 300 beats por minutos y hacían vibrar instintivamente a cada uno de los presentes.

Durante las siguientes tres horas, el público no paró de bailar hipnotizado por el tiempo, la dinámica y el timbre de la más extraordinaria combinación de instrumentos análogos y electrónicos entre los que se intercalaban chelos, teclados, guitarras electrónicas, tambores y toda clase de sonidos guturales, truenos, crujir de hojas y muchos otros que hacían vibrar la corteza cerebral y, junto con la más diversa variedad de luces intermitentes en múltiples frecuencias, mantenían a la audiencia sumida en un trance del que resultaba imposible escapar.

De repente, las luces desaparecieron por completo y todo quedó en tinieblas hasta que poco a poco la luna comenzó a asomarse entre los nubarrones amenazantes. El tono de la música se tornó entonces mucho más oscuro y, conforme el tiempo de la música se iba acelerando progresivamente, se desató la más terrible tormenta y los asistentes se vieron de pronto sometidos a una inclemente lluvia que se alternaba con relámpagos de luz y pirotecnia que se precipitaban sobre las palmeras distribuidas alrededor de la playa y las hacían estallar en miles de chispas, produciendo un ruido ensordecedor que apenas conseguía acallar los gritos de terror de los espectadores más cercanos. A pesar de ello, la multitud empapada continuaba atrapada en el trance y no podía dejar de bailar empujada por la percusión que mantenía su corazón acelerado.

Después de casi veinte minutos de sufrimiento y éxtasis en el fragor de la tormenta, la música cesó por completo y, luego de un instante de completa oscuridad, un último relámpago seguido de inmediato por el más ensordecedor de los truenos, impactó sobre el castillo de popa produciendo una enorme hoguera en medio de la cual la multitud histérica vio consumirse la imagen de su ídolo hasta desaparecer por completo en una pequeña montaña de cenizas.

Al quedar liberados del trance, una amplia proporción de los asistentes cayeron desmayados sobre la arena y se mantendrían allí hasta varias horas después del amanecer esperando reponer la energía suficiente para regresar a sus actividades cotidianas. Sin embargo, ninguno de ellos habría sentido ningún remordimiento si su último aliento se hubiese extinguido con el último beat de aquel concierto épico.

Mientras tanto, tras el escenario el equipo de producción se deshacía en elogios y atenciones hacia el genio creativo, quien sólo levantó su mirada para preguntar a su mánager:

- ¿Está acaso ella aquí?

Al ver la impotencia reflejada en el rostro de su interlocutor, DJ Fénix sujetó su cabellera con ambas manos, cerró por un instante sus ojos y habló para sus adentros: - *Quizá tenía otro compromiso impostergable o puede que haya extraviado su invitación. Seguramente nos acompañará la próxima semana.* Luego abandonó el sitio por un acceso trasero y subió al helicóptero que lo trasladaría hasta su hotel.

Durante cada una de las siguientes cuatro semanas se repitió el ritual de miles de seguidores enloquecidos que colapsaban los sitios en los que se rumoraba que ocurriría la próxima aparición del unicornio y que dejaba siempre a su paso un sinfín de personas desfallecidas que, al lograr incorporarse después de varias horas, aseguraban haber experimentado la mejor experiencia de sus vidas.

En cada uno de los casos, el espectáculo de luz, imagen y sonido que se conjugaba en cada escenografía, lograba transportar a los asistentes hasta dimensiones paralelas en las que la realidad se tornaba en batallas épicas frente a castillos medievales asediados por catapultas que arrojaban bolas de fuego que estallaban contra sus muros infranqueables, bosques impenetrables poblados de hadas y criaturas bioluminiscentes, cementerios repletos de espectros al servicio de un nigromante siniestro que hacía helar la sangre de los presentes o paisajes apocalípticos dominados por volcanes y dragones que presagiaban la llegada del juicio final.

Al final de cada espectáculo DJ Fénix, con sus fuerzas casi extintas, dirigía siempre la misma pregunta a su mánager:

- *¿Nos acompañó ella esta noche?*

En cada una de esas ocasiones, la mirada de frustración de su equipo le brindaba la respuesta que él no quería escuchar y que cada día se le hacía más difícil de soportar. Mientras tanto, ella luchaba con todas sus fuerzas para resistir la urgencia de salir corriendo a buscarlo cada vez que escuchaba un rumor sobre su próxima aparición, teniendo claro que su cercanía terminaría por consumirla muy pronto en una hoguera incontenible, a la cual ella se habría lanzado gustosamente si no tuviese la certeza de que en ella se consumiría también la pequeña hada que había surgido de su último encuentro con él cerca de cuatro años atrás.

Ajeno a esta realidad, DJ Fénix podía percibir que cada nueva decepción hacía incrementar exponencialmente la intensidad del fuego en su interior.

Al llegar la sexta semana, la multitud se congregó nuevamente en los alrededores de las bodegas cercanas a los muelles de carga, donde se suponía que el unicornio haría su próxima aparición.

Sin embargo, esta vez no se materializaría el milagro pues, al acercarse la hora de encender el cañón de luz para proyectar en el cielo la señal que anunciaba la presencia del ídolo, el capitán del yate que se aproximaba a un muelle cercano comenzó a agitar sus brazos en el aire en un gesto que parecía sugerir la existencia de algún problema. Una vez que el yate estuvo cerca de atracar, el mánager de DJ Fénix saltó a la embarcación y se apresuró a seguir al capitán en dirección a la cubierta principal. Al llegar a la máster suite, encontraron al unicornio tirado sobre la cama, con una respiración apenas perceptible, el rostro ligeramente enrojecido, las pupilas contraídas como la punta de un alfiler y, en una mesita lateral, un torniquete de tubo de látex, una jeringa y una ampolla de fentanilo, que hacían evidente que el fénix había sido consumido nuevamente hasta las cenizas y nadie podía asegurar cuánto tiempo tardaría en renacer.

Esa noche, la multitud se iría a casa con la decepción de no haber logrado encontrar al unicornio, cuya presencia estaban convencidos de que podría cambiar sus vidas para siempre. La empresa productora tampoco podría repetir el extraordinario negocio que, en sólo cinco presentaciones del Unicornio, le había permitido acumular una utilidad de casi US$4,1 millones luego de descontar los costos de producción de los seis espectáculos, el último de ellos desaprovechado, la asignación de alrededor de US$950,000 correspondientes al 15% de las utilidades de cada espectáculo que él había dispuesto para ella y US$250,000 correspondientes a los US$50,000 que él exigía en efectivo al término de cada espectáculo para cubrir sus gastos personales.

Durante las cinco o seis semanas siguientes, las aglomeraciones de gente persiguiendo un nuevo rumor sobre la posible presencia del unicornio continuaron presentándose, terminando en cada uno de los casos con la más completa decepción de sus seguidores y, en algunos casos, con terribles casos de depresión entre aquellos que habían dejado pasar la oportunidad de participar de algunas de las expediciones exitosas de las semanas previas.

Lo irónico del caso es que quizá muchos de ellos se habían topado en varias ocasiones con el unicornio, mientras se escondía a simple vista entre los personajes invisibles vestidos en harapos que, al cambio de la luz roja del semáforo, se aproximaban a la ventanilla del vehículo para pedir alguna moneda, mientras la mayoría de los conductores se esforzaba al máximo por ignorar su presencia.

El hijo del viento

Joseph jamás habría imaginado que la ausencia pudiese doler tanto y por tanto tiempo.

Habían pasado ya quince meses desde el día en que comprendió que debía desaparecer para siempre, aunque esa determinación lo obligase a arrancarse de un tajo el corazón para poder dejar atrás lo que más había amado en su vida y renunciar al máximo anhelo de su existencia que se hacía realidad en el momento más inoportuno e inesperado.

Justo en el momento en que sus superiores comenzaban a reconocer su lealtad y su inteligencia y se aprestaban a promoverlo hacia una posición de mayor jerarquía y responsabilidad en la organización, al llegar a casa una noche, su mujer le comunicó que esa mañana en la clínica había podido confirmar la sospecha de su embarazo y que, en poco más de ocho meses, serían al fin una familia completa.

La noticia lo hizo estallar de júbilo y felicidad, pero, luego de la descarga inicial de adrenalina, su cabeza se llenó también de pensamientos sombríos.

Joseph reconocía que su vida no había sido nunca un ejemplo de las mejores decisiones. Luego de abandonar el colegio un año antes de graduarse, había discutido con sus padres por motivo de su adicción a la marihuana y la sospechosa desaparición de algunas joyas de su madre; a partir de lo cual se había ido de su casa para encontrar refugio en una pandilla de jóvenes delincuentes que financiaban sus vicios asaltando a los peatones o incursionando en las viviendas que permanecían deshabitadas durante el día, para robar cualquier objeto que luego pudiesen empeñar a cambio de dinero.

Su astucia le había permitido ir escalando poco a poco hacia otras agrupaciones mejor organizadas y más violentas, las cuales le habían brindado un acceso a mayores recursos económicos, pero habían hecho su existencia mucho más peligrosa.

Fue así como, luego de un enfrentamiento con una pandilla rival con la que disputaban un territorio para venta de droga, Joseph fue trasladado al hospital al borde la muerte, producto de cuatro puñaladas en el área de su abdomen.

Durante las semanas siguientes, un ángel disfrazado de enfermera se había encargado de atender sus heridas y acompañarlo durante su recuperación, haciéndolo reír cada día y dándole un giro completo a su vida. La presencia de Sofía había sido como la llegada de una lluvia refrescante en el desierto emocional de su existencia. Por alguna extraña razón, ella parecía percibir algo bueno en él que nadie más había logrado distinguir y, su presencia e interés por él, lo hacía sonrojar mientras anhelaba secretamente convertirse en una mejor persona que pudiese ser digna de merecerla.

Al llegar el momento de abandonar el hospital seis semanas después de su ingreso, Sofía le obsequió una pequeña cajita dorada y lo despidió con un beso en la frente. En aquel momento, él habría deseado que sus heridas fuesen más severas para poder permanecer a su lado y no tener que regresar a la pesadilla de violencia y soledad que ahora le parecían más difíciles de sobrellevar.

Esa noche al regresar a su casa luego de la celebración con sus colegas de la pandilla, Joseph retiró el envoltorio dorado de la cajita que le había obsequiado Sofía y, al abrirla, encontró un hermoso dije de oro sujetado por un delgado cordón de cuero y con la forma de medio corazón, así como una pequeña nota con un número telefónico anotado en ella y un breve mensaje que decía: - *Mi corazón nunca estará completo sin ti.*

Durante los días siguientes, Joseph luchó con todas sus fuerzas para resistir a la urgencia de llamarla, repitiéndose a sí mismo que no podía ser tan egoísta como para permitir que alguien tan especial como ella se involucrase en aquel entorno de mierda en el que transcurría su existencia cotidiana.

Sin embargo, una semana después cuando él comenzaba a creer que quizá conseguiría finalmente imponerse ante los reclamos de su corazón maltrecho, se encontró con la sorpresa de que al regresar a casa en una terrible noche de invierno, ella lo esperaba bajo el estrecho alero de la entrada, completamente empapada bajo un impermeable que resultaba claramente insuficiente para un aguacero como aquel; con una hermosa sonrisa dibujada en su rostro y un especial brillo en sus grandes ojos verdes que reflejaba la satisfacción por aquella tierna travesura.

Al observarla tiritando bajo la lluvia, el corazón de Joseph se derritió por completo y se apresuró a abrir la puerta para invitarla a pasar, buscó un pantalón de pijama y un abrigo suyo para que ella pudiese utilizarlo mientras colocaba su ropa en la secadora y le preparó un chocolate caliente y un sándwich de jamón y queso para ayudarla a entrar en calor, los cuales colocó en una mesita junto al sofá que estaba frente al televisor. Posteriormente, trajo una frazada de franela para abrigarla y, cuando al fin la observó adecuadamente instalada, acercó una silla junto al sofá, tomó su mano con ternura y le habló con voz cálida: - *Por favor dime si necesitas algo más. En un minuto estaré de regreso.*

Un instante después, tomó un paraguas y salió por la puerta principal sin ningún aviso adicional.

Sofía estaba tan fascinada al contemplar los esfuerzos de aquel temible hombre que se había desplazado como un torbellino por cada rincón de la casa para procurarle todas las comodidades posibles, que ni siquiera alcanzó a proferir palabra alguna.

Alrededor de 20 minutos más tarde, cuando ya Sofía había recuperado su ropa de la secadora y se encontraba apropiadamente vestida, la puerta principal se abrió de nuevo y Joseph ingresó con su ropa empapada de la cintura para abajo, producto del fuerte viento y la lluvia que parecían burlarse de los ingenuos que se atrevían a pensar que un paraguas sería suficiente para mantenerlos secos. Traía consigo una considerable variedad de antigripales, así como una dotación de té de bambú, jengibre y miel de abeja con los cuales pretendía blindar a Sofía de un posible resfrío.

Joseph le solicitó unos minutos más de espera a Sofía con el propósito de darse una ducha caliente y cambiar su ropa mojada por un atuendo seco y abrigado. Luego fue a la cocina para preparar dos bebidas calientes endulzadas con miel de abeja y se fue a sentar junto a ella para iniciar al fin una conversación normal: - *Que agradable sorpresa encontrarte de nuevo. Me encanta poder verte, pero esta no es la zona más segura de la ciudad y no recuerdo haberte dado mi dirección. Así que: ¿qué estás haciendo por aquí? y ¿cómo hiciste para encontrarme?*

Sofía se sonrojó un poco al reconocer que había tenido que hurgar en el expediente médico de Joseph con el propósito de obtener su dirección, pero, luego de una semana sin recibir ninguna noticia, quería asegurarse de que todo estuviese marchando bien con su recuperación.

Reconociendo además que su visita podía parecer un poco sospechosa, se apresuró a tratar de clarificar sus intenciones.

- *Por favor no pienses que estoy tratando de acosarte. Te aseguro que respeto plenamente tu decisión de no querer estar conmigo, pero en algún momento pensé que tú también sentías algo por mí, así que necesitaba estar segura de que no hubiese ocurrido algo malo que te impidiese llamarme, antes de poder pasar la página. De verdad me alegra que estés bien y me disculpo por mi atrevimiento de venir sin invitación.*

Acto seguido, se incorporó del sofá para dirigirse hacia la puerta de salida, pero, en ese instante, él la abrazó con fuerza, le dio un cálido beso en la frente y le habló con ternura: - *No hay ninguna razón para disculparte por tu visita. Poder verte es lo que más deseaba en la vida y estos días han sido un martirio tratando de resistir la tentación de llamarte. Lo que ocurre es que tú mereces alguien mucho mejor que yo y no puedo ser tan egoísta como para exponerte a este mundo de violencia y de gente mala en el que yo estoy metido hasta el cuello.*

Sofía tomó su mano y la besó en repetidas ocasiones antes de exponer sus argumentos: - *Créeme que entiendo y agradezco tu preocupación, pero no quiero que me excluyas para protegerme, ni que te alejes porque pienses que es lo mejor para mí. Yo comprendo que no puedo amar las rosas si no soy capaz de tolerar las espinas y, aunque me habría gustado que las cosas fuesen diferentes, Dios te puso en mi vida por alguna buena razón y no podría soñar con nada mejor que el instante que me acabas de obsequiar, haciéndome sentir valorada y respetada y esforzándote al máximo para asegurar mi bienestar. El día en que no quieras estar conmigo sólo dímelo y yo me alejaré sin discusión, pero por favor prométeme que nunca más vas a tratar de alejarme porque pienses que es lo mejor para mí, porque mi vida no está completa sin ti y no querría vivir en el paraíso si no puedo disfrutarlo contigo.*

La voluntad de Joseph no fue lo suficientemente fuerte como para permitirle exponer nuevos argumentos que pudiesen anteponerse a los deseos de su corazón y, casi sin darse cuenta, habían transcurrido los tres años más felices de su vida desde aquella noche de invierno en la que ella llegó a cambiar su mundo para siempre.

La única condición que Joseph le solicitó cumplir a Sofía, fue su promesa de que no lo visitaría nunca más en aquel sitio, pues no estaba dispuesto a exponerla al ambiente en el que transcurría su existencia cotidiana.

Para superar esa limitación, Joseph se las ingeniaba para mantener su domicilio actual como base de operaciones, pero aprovechaba la más mínima oportunidad para desplazarse sigilosamente hasta el apartamento de Sofía en el lado opuesto de la ciudad.

Durante ese tiempo, la existencia de Joseph transcurrió sin mayores incidentes graves. Unos cuantos navajazos superficiales y un balazo en el muslo fueron las únicas imágenes de violencia que Joseph no logró aislar del entorno de Sofía y, en todo caso, ella las soportó con estoicismo y sin albergar jamás el mínimo remordimiento sobre la decisión de unir su vida con aquel hombre tierno y a la vez siniestro que la hacía sentirse la mujer más feliz del mundo.

Sin embargo, como la felicidad es efímera y la certidumbre engañosa, el éxito de Joseph también avanzaba cada día rumbo a convertirse en su mayor enemigo.

Fue así como, luego de coordinar de manera exitosa el transporte transfronterizo de casi dos toneladas de cocaína, el "gerente país" decidió que era el momento de promoverlo hacia una posición de mayor jerarquía, dejando insatisfechos a muchos otros colegas que se encontraban en un nivel superior de la cadena alimenticia de la organización y se consideraban merecedores de dicha promoción.

Joseph comprendió en muy poco tiempo que, en aquella nueva posición, siempre habría alguien procurándole hacer tropezar y, a partir de ahora, ya no sólo debería preocuparse de los ataques de sus enemigos sino también del fuego amigo. Sólo en las primeras dos semanas se vio en la necesidad de liquidar a tres de sus amigos más cercanos, que habían conspirado con algunos de sus detractores interesados en una transición forzada del poder.

Luego del ajuste inicial todo iba marchando bien hasta que, una noche de fiesta previa a un viaje planificado para la recepción de una mercancía que llegaría por vía marítima para luego ser trasladada a la costa y transportada por vía aérea a su destino final, uno de los colegas de Joseph al que apodaban el italiano se le acercó para entablar conversación y le preguntó con una sonrisa mordaz: - *Y qué dice tu bella enfermera Sofía de que la dejes sola para irte con tus amigos a pescar. ¿No se siente desprotegida en tu ausencia?*

Joseph tuvo que realizar su mejor esfuerzo para mantener la compostura y no permitir que su expresión facial reflejara ningún cambio en su estado anímico, pues tenía muy claro que él jamás había revelado a ninguno de sus correligionarios la más mínima información acerca de la existencia de Sofía y, por tanto, era evidente que aquel comentario del italiano tenía como propósito poner a prueba su carácter y explorar cualquier debilidad de su adversario. Por tal motivo, se limitó a responderle con una carcajada: - *No ha nacido aún la mujer que se atreva a tratar de controlar mis decisiones y pueda vivir para contarlo.* Luego golpeó con su vaso el del italiano para invitarlo a brindar por un viaje exitoso, bebió de un sorbo todo el contenido restante y luego sirvió otros tragos para él y para su acompañante.

Las siguientes dos horas fueron todo un martirio para Joseph pues mientras se esmeraba por parecer lo más relajado y confiado posible, no podía alejar de su mente las preocupaciones por la seguridad de Sofía y del bebé que ahora crecía en su vientre y cuya existencia ella le había revelado solo dos noches atrás.

Cuando por fin el reloj avanzó lo suficiente como para llegar a una hora presentable para retirarse de la fiesta, se despidió de sus compañeros con la mayor naturalidad posible, reiterando sus votos por un viaje exitoso y confirmando la salida para las seis de la mañana del día siguiente.

Al llegar a casa, encontró a Sofía vencida por el sueño en la salita de televisión, así que apagó el televisor y la cargó en brazos para llevarla hasta la habitación. Ella le sonrió y murmuró alguna frase ininteligible en medio de su somnolencia, pero rápidamente cayó nuevamente en brazos de Morfeo. Joseph besó tiernamente sus labios y se recostó junto a ella admirando su belleza e imaginando lo perfecta que sería su vida si sólo pudiese permanecer con ella para siempre.

Cinco horas después y sin haber dormido un minuto se levantó para darse una ducha, se vistió, preparó una maleta ligera y se marchó procurando no hacer ruido. Al salir, dejó sobre el desayunador de la cocina una breve nota: - *Gracias por hacerme el hombre más feliz del mundo. Te amaré hasta mi último suspiro.*

Ese día al caer la tarde, cuando se había completado la recepción de la mercancía y el yate se había alejado lo suficiente del semi-sumergible que traía la droga, Joseph descargó los dieciocho tiros de su Glock 17 contra sus cuatro compañeros de tripulación que incluían al italiano y dos de sus principales secuaces, pero también a su mejor discípulo y más fiel compañero cuyo único pecado era estar en el lugar equivocado en el momento equivocado. Luego arrojó al agua un pequeño bote salvavidas, derramó sobre la cubierta principal dos estañones de combustible de repuesto y le prendió fuego al yate junto con los 725 paquetes de cocaína que acababan de recibir.

Durante los siguientes quince meses Joseph logró pasar desapercibido como un habitante más de la calle, comiendo lo que encontraba en los basureros y durmiendo sobre unos cartones sucios, mientras se ocupaba de ir desapareciendo paulatinamente a cada uno de sus antiguos colegas a los que pudiese haber llegado el más mínimo rumor acerca de la existencia de Sofía.

No fue sino hasta el día en que estuvo convencido de que había logrado extirpar cualquier amenaza probable a la seguridad de su amada, que Joseph se atrevió a acercarse furtivamente a la clínica donde trabajaba Sofía para poder observarla desde una distancia prudente y asegurarse de que todo estaba bien.

El corazón de Joseph estuvo a punto de detenerse cuando observó la imagen de aquella hermosa mujer que caminaba por el estacionamiento hacia su vehículo mientras cargaba a su bebé en brazos.

Resistiendo el irrefrenable impulso que le hacía desear correr hacia ellos para abrazarlos, Joseph se cubrió el rostro con ambas manos y lloró copiosamente en silencio durante varios minutos, mientras le agradecía a Dios por haberle permitido contemplar aquella hermosa imagen. Luego enjugó sus lágrimas y tomó varias respiraciones lentas y profundas para tranquilizar sus emociones.

Finalmente, se incorporó con una renovada expresión de paz y serenidad en su rostro, propia de aquellos que han aceptado su destino y se encuentran listos para cumplirlo.

Un par de horas más tarde se apersonó a uno de los cuarteles principales de su antigua organización, decidido a eliminar el último cabo suelto que podía poner en riesgo a su familia. En el sitio se encontraban dos de los principales peces gordos, acompañados por una media docena de peones, ninguno de los cuales logró identificar a Joseph en el cuerpo de aquel espectro vestido en harapos que avanzaba cabizbajo hacia el centro del salón.

Joseph levantó entonces su mirada y les habló con vos firme: - *Ya no será necesario que se pregunten qué habrá pasado conmigo. Yo les fallé en nuestra última operación y vengo a asumir las consecuencias.* Luego sacó la Glock de la pretina trasera del pantalón y, sin que nadie tuviese tiempo de reaccionar, apuntó el cañón contra su barbilla y la hizo detonar.

En el mismo instante en que el cuerpo sin vida de Joseph se precipitaba al piso en el centro del salón, el viento se coló repentinamente por la ventana del segundo piso del apartamento de Sofía hasta llegar a la cuna en la que reposaba el bebé, y le acarició el rostro haciéndolo sonreír tiernamente.

El inquilino

Era una fresca noche de verano e Isabella disfrutaba de una agradable cena en la terraza, en compañía de sus padres y sus dos amigas más cercanas; la conversación era interesante, la comida deliciosa y el vino tampoco desentonaba en forma alguna. Parecía difícil de creer que en un par de meses las chicas cruzarían el atlántico para emprender una nueva aventura en la Universidad de Oxford, dejando atrás las extraordinarias dificultades que habían ensombrecido las expectativas sobre el futuro de Isabella unos pocos meses atrás.

Al llegar la hora del postre, un escalofrío repentino recorrió la espalda de Isabella y un soplo de aire frío la hizo voltear su mirada hacia un sector del jardín en el que observó a un hombre vestido en harapos, con una capucha que le cubría la mayor parte del rostro y que, al coincidir sus miradas, levantó su copa y le dio un sorbo para brindar con ella mientras se dibujaba en su rostro una sonrisa macabra.

Isabella reaccionó horrorizada dando un salto en su silla que estuvo a punto de enviarla directamente al suelo. Sus compañeros de mesa la observaron con extrañeza, pero al voltear nuevamente hacia el jardín, Isabella notó que el hombre se había esfumado. Durante el resto de la velada Isabella se mantuvo aislada y dispersa, volteando la vista en repetidas ocasiones en que podía percibir que alguien la observaba o creía escuchar un leve murmullo cerca de su oído.

Cuando sus amigas se despidieron, Isabella se comportó evasiva e indiferente y, cuando una de ellas le preguntó si le ocurría algo, reaccionó de forma irritada y expresándose de manera incoherente. Una vez que ellas se marcharon con cierto grado de molestia y preocupación, Isabella pudo escuchar claramente mientras cerraba la puerta que una voz le susurraba al oído: - *Esas malditas igualadas se creen la gran cosa, quizá tengamos que encargarnos pronto de ellas.*

Al retirarse a su habitación para dormir, Isabella tuvo la firme impresión de que alguien la observaba desde la ventana que daba al jardín y, en varias ocasiones, pudo percibir el golpeteo de una uña contra el vidrio, seguido de una voz dulce pero a la vez siniestra que la llamaba: - *Isabella déjame entrar. Hace un poco de frío aquí.*

Posteriormente cayó en un sueño irregular del cual despertó en varias ocasiones sobresaltada, ya sea porque tenía la sensación de que alguien estaba allí observándola desde una esquina de la habitación, o por escuchar una voz que le susurraba al oído: - *Duerme tranquila que yo estoy contigo para protegerte. No como esos viejos hipócritas de la habitación de al lado que tratan de deshacerse de ti enviándote a estudiar al otro lado del mundo.*

A la mañana siguiente Isabella despertó con un terrible dolor en el cuello, tras haber dormido las últimas horas en una posición completamente inverosímil. Tuvo la intención inicial de buscar el atuendo que utilizaría ese día para ir a darse una ducha, pero, un instante después regresó la sensación de que alguien la estaría observando, así que desistió de la idea de ducharse y se encajó un pantalón de mezclilla y un suéter encima del pijama y bajó a desayunar apresuradamente.

Cuando sus padres contemplaron a Isabella aparecerse en el comedor vistiendo aquel atuendo, sin una gota de maquillaje en su rostro y, evidente sin haberse duchado, se volvieron a ver uno al otro sorprendidos, pues su hija siempre había sido un poco obsesiva con el cuidado de su imagen y buscaba evitar a toda costa que incluso sus familiares más cercanos pudiesen observarla antes de que ella hubiese terminado de arreglarse.

Al percibir la mirada inquisidora de sus padres, Isabella no pudo evitar un sentimiento de amargura y con un tono hiriente se dirigió a ellos: - *Si mi compañía les resulta tan desagradable, no se preocupen que solo tomaré una taza de cereal y me iré a la terraza para no incomodarlos.*

Durante todo el transcurso de ese día, Isabella estuvo rehuyendo el contacto con sus padres, absorta en sus pensamientos, volteando repentinamente la cabeza al escuchar alguna voz que la llamaba o sobresaltándose al percibir alguna presencia que la observaba furtivamente.

Al terminar el día y retirarse a su habitación para tratar de dormir, se repitió la experiencia de la noche anterior, sólo que en esta ocasión la presencia que la acompañaba se percibió mucho más real y atemorizante, reclamándole reiteradamente la indiferencia de sus amigas que no habían tratado de comunicarse con ella en todo el día y el descaro de sus padres que ni siquiera hacían un esfuerzo por disimular el desprecio que sentían hacia ella.

La agresividad y enojo que emanaban de aquella presencia se percibían tan reales y tan extremos que Isabella terminó orinándose y defecando en sus pantalones por el temor de lo que pudiese ocurrirle si se atrevía a levantarse de su cama para ir hasta el baño.

A la mañana siguiente, Isabella tampoco encontró el valor suficiente para ducharse y optó por tratar de asearse un poco con las toallitas húmedas que acostumbraba a utilizar para quitarse el maquillaje. Evidentemente los resultados no fueron muy exitosos y, al llegar al comedor, sus padres intercambiaron miradas muchos más desconcertantes que las del día anterior, pues su hija no sólo se veía tan desaliñada como la mañana previa sino que ahora además olía verdaderamente mal.

Isabella los observó con desprecio, metió sus manos en un tazón que estaba colocado en el centro de la mesa y tomó dos puños de huevo que introdujo inmediatamente a su boca, para luego arrojar violentamente al piso el plato que estaba colocado en su puesto para el desayuno familiar y salir corriendo hacia la terraza mientras profería una serie de maldiciones ininteligibles.

Esa mañana su padre llamó a la oficina para solicitar el día de licencia y durante la mayor parte del día estuvo en su cuarto conversando con la madre de Isabella para tratar de entender que rayos podía estar sucediendo. Al final de la tarde, y sin percatarse de que Isabella los escuchaba al otro lado de la puerta, decidieron que lo mejor sería acudir a la psiquiatra que había ayudado a la madre de Isabella a superar su depresión post parto. Luego de llamarla, acordaron que lo más conveniente sería que ella visitaría su casa al día siguiente, para observar de primera mano el extraño comportamiento de Isabella.

A la hora acostumbrada para la cena familiar Isabella no se presentó y cuando su padre llamó a su puerta para consultarle si se sentía bien y si quería que le trajese algo para cenar, ella respondió encolerizada: - *¿Es que acaso tengo que quitarme la vida para conseguir que ustedes me dejen en paz?*

Esa noche Isabella tuvo aún más dificultades para conciliar el sueño, pues la presencia en su ventana ya no golpeteaba el vidrio con la uña mientras le susurraba dulcemente que la dejase entrar, sino que golpeaba con gran fuerza la ventana exigiéndole permitirle entrar si no quería atenerse a las consecuencias.

Sujetando con fuerza la almohada contra sus oídos, Isabella procuraba acallar los reclamos, temiendo lo que podría ocurrir si permitía que esa presencia siniestra ingresara a su habitación. Abrumada por el pánico y mientras lloraba copiosamente ante su impotencia para sobreponerse a aquella presencia maligna, se fue quedando dormida mientras se sumergía en un extraño sueño en el cual se veía a si misma recorriendo estrechos callejones mientras hurgaba en los basureros en busca de algo.

Antes de despuntar el alba, la voz la despertó susurrándole al oído: - *Es hora de que te levantes y te arregles para la visita de la loquera. Creo que no querrás saber lo que podría ocurrirte si te atreves a delatar mi presencia.*

Isabella se levantó apresuradamente sin percatarse del barro acumulado en sus calcetines y esparcido por todas las sábanas, buscó uno de sus mejores atuendos y su bolso de maquillaje y se dirigió con prisa en dirección al baño. Casi una hora después, salió luciendo una impecable imagen y rebosante de energía y vitalidad.

En ese mismo instante, se escuchó un grito de horror proveniente de la habitación de sus padres. Se trataba de su madre que al levantarse un poco adormecida aún y dirigirse al baño para evacuar su vejiga, se había encontrado con un macabro espectáculo escenificado por dos enormes ratas degolladas que colgaban de la cortina del baño.

Cuando sus padres acabaron por fin de limpiar el desastre y bajaron a desayunar, Isabella estaba esperándolos con la mesa servida, café caliente, jugo de naranja recién exprimido y una hermosa sonrisa en el rostro. Al llegar al comedor, ella los recibió con un tierno beso en la mejilla y les expresó su saludo de buenos días.

Los padres de Isabella quedaron boquiabiertos e intercambiaron miradas mientras se preguntaban si debían pellizcarse para asegurarse de estar despiertos. Luego agradecieron el gesto con algún grado de escepticismo y se sentaron a la mesa junto a su hija.

Las conversaciones de Isabella transcurrieron de la manera más casual y sin que nada en ellas hubiese sugerido la posibilidad de un comportamiento similar al experimentado durante los días previos. En una primera parte, les relató a sus padres sobre algunos comunicados recientes de la universidad en los cuales se detallaba el programa de inducción para nuevos estudiantes y luego les comentó sobre su interés en salir por la noche con sus amigas para ir a conocer un nuevo club recientemente inaugurado y en el cual se estaría presentando un compañero del colegio que hacía sus primeras armas como DJ.

Al terminar el desayuno, su madre comentó que esa mañana estaría visitando la casa su amiga Ginette y que le parecía una muy buena oportunidad para que Isabella pudiese conversar con ella sobre su próximo viaje y quizá obtener algunos consejos útiles en caso de llegar a experimentar "mal de Patria" o ansiedad durante sus períodos de exámenes. Isabella se esforzó por parecer sorprendida y respondió de inmediato: - *Uy sí. ¡Que excelente noticia! Ella me cae muy bien y sería buenísimo recibir un par de tips por si acaso.*

A eso de las diez de la mañana llegó Ginette y, luego de saludar a sus padres y compartir algunos minutos de conversación general, la mamá de Isabella "recordó" que tenía algunas compras urgentes que realizar para el almuerzo, por lo que le pidió a su esposo si podía acompañarla al supermercado y se disculpó con Ginette solicitándole esperarla en la terraza con Isabella y con la promesa de regresar en menos de 25 minutos.

Durante los siguientes treinta minutos, Ginette procuró identificar alguna señal en el comportamiento de Isabella que pudiese sugerir la existencia de algún problema, pero sólo se encontró con una joven alegre e inteligente que se sentía un poco avergonzada al reconocer que durante los últimos días no había estado del mejor humor posible, lo cual atribuía al estrés asociado con sus planes de estudio en el exterior que se había juntado con las molestias propias de período menstrual.

Con cierto recelo, Isabella accedió a realizarse un examen de orina, que Ginette le indicó que utilizaría para descartar la presencia de algún desajuste hormonal que pudiese estar incidiendo sobre su estado anímico. - *Tengo entendido de que hace poco más de 6 meses recibiste un trasplante de riñón y, en algunas ocasiones, eso puede afectar el funcionamiento de las glándulas suprarrenales y producir una alternación en los niveles de epinefrina y norepinefrina que son dos hormonas que nos ayudan a manejar el estrés.*

Cuando Isabella fue al baño para tomar la muestra, inmediatamente sintió la presencia que le seguía de cerca y que, al mirarse al espejo le susurró al oído: - *Esa loquera no es ninguna estúpida, pero tú te has comportado muy bien. Ojalá que tu examen de orina no la lleve a meter sus narices donde no debe, pues sería una lástima tener que deshacernos de ella.*

Cuando Isabella reapareció en la terraza, Ginette conversaba alegremente con sus padres que acababan de regresar del supermercado, así que Isabella colocó discretamente el pequeño frasco sobre el borde de la mesa, se despidió agradeciendo lo que describió como una muy agradable y útil conversación, y se retiró a su habitación argumentando la necesidad de terminar de llenar algunos formularios de la universidad.

Unos minutos más tarde, los padres de Isabella le informaron que ellos tenían un compromiso para almorzar y que, si ella lo deseaba, había un poco de lasaña en el refrigerador para calentar o, en caso contrario, podía ordenar pizza o alguna otra opción con entrega a domicilio.

Luego fueron almorzar con Ginette a un restaurante italiano, con el propósito de que ella pudiese transmitirles su valoración sobre la conversación con Isabella.

Mientras compartían una focaccia y una copa de vino tinto, Ginette les comentó que el comportamiento que Isabella había exhibido durante su conversación no resultaba en absoluto compatible con los que ellos le habían comentado telefónicamente.

- *Eso no significa que esté poniendo en duda lo que ustedes me comentaron sino que, de alguna manera, refuerza mi impresión general acerca de lo que podría estar sucediendo.*

- ¿Y cuál es esa impresión general? Preguntaron los padres de Isabella al unísono.

- *Permítanme explicarles primero un par de señales que logré percibir durante mi conversación con Isabella.*

- *Cuando la conversación transcurría de manera casual, ella respondía con soltura y fluidez, mostrando la seguridad que le brinda su elevada autoestima e inteligencia.*

- *Sin embargo, cuando yo formulaba alguna pregunta que pudiese tener las más mínima relación con el tipo de comportamientos extraños que ustedes me habían comentado, su conversación se tornaba menos fluida y realizaba pequeñas pausas como si estuviese esperando la aprobación de alguien sobre lo que acababa de decir.*

- *Adicionalmente, en múltiples ocasiones trataba de colocar su cabello detrás de la oreja como si estuviese tratando de despejar su oído para escuchar más claramente alguna voz externa que no era la mía.*

- *Finalmente, cuando se dirigía hacia el baño para tomar la muestra de orina, ella parecía voltear levemente su mirada como para comprobar si alguien la estaba siguiendo y demoró un poco más de tiempo del normal para cerrar la puerta, como si estuviese dando tiempo a que su acompañante terminase de entrar.*

- *Debo advertirles que estas señales no son determinantes, así que no puedo darles aún un diagnóstico definitivo. Sin embargo, tengo razones para pensar que Isabella podría estar presentando algunos síntomas de esquizofrenia y, por ello, la muestra de orina que Isabella aceptó a entregarme no la voy a utilizar únicamente para evaluar sus niveles de epinefrina y norepinefrina como se lo manifesté a ella, sino que además quiero descartar un nivel excesivo de dopamina que, en muchos casos, se presenta en los pacientes esquizofrénicos.*

- *¿Pero cómo podría ser eso posible?, preguntó horrorizada la madre de Isabella. En nuestra familia no existe ningún antecedente de enfermedades mentales.*

- *Les reitero que aún no podemos hablar de nada definitivo pero, en cualquier caso, debo decirles que aún sabemos muy poco sobre la esquizofrenia y sus orígenes.*

- *No hay duda de que la esquizofrenia tiene un componente genético, pues aunque el nivel de prevalencia de la enfermedad en la población general se sitúa entre el 0,1% y el 1%, esos porcentajes aumentan dramáticamente en los familiares de pacientes esquizofrénicos.*

- Para tratar de verificar esa conclusión, se han llevado a cabo diversos estudios de adopción, que son una herramienta muy útil para diferenciar la influencia del componente genético, de los factores ambientales que intervienen en la transmisión de una determinada enfermedad.

- El primer estudio de adopción lo realizó Leonard Heston en 1966 en los Estados Unidos. Durante 30 años realizó seguimiento a un grupo de 47 pacientes, hijos de madres esquizofrénicas adoptados al nacer, y lo comparó con otro grupo control de 50 pacientes hijos de madres sanas adoptados al nacer. Mientras que en el grupo de los hijos de esquizofrénicas la prevalencia de la enfermedad fue de 11% (5 pacientes), en el grupo de control no hubo ningún caso de Esquizofrenia.

- Con este estudio queda muy clara la importancia del componente genético en el desarrollo de la Esquizofrenia, pero también se debe tener presente que ese no es el único agente causal.

Luego de que sirvieron el plato principal, Ginette continuó con su disertación sobre las bases neurobiológicas de la esquizofrenia, la cual interrumpía ocasionalmente para comer un bocado de su pasta carbonara.

- Muchos otros agentes ambientales, tanto biológicos como psicosociales, han sido relacionados con la etiología de la esquizofrenia.

- Por ejemplo, los individuos nacidos durante el invierno, tienen entre un 5 y un 10% más de probabilidades de desarrollar esquizofrenia que los nacidos en verano, lo cual parece asociarse a la incidencia de enfermedades como la gripe durante el segundo trimestre de embarazo.

- La presencia de otras infecciones como la rubéola y la toxoplasmosis, también se asocian a un mayor riesgo de presentar esquizofrenia, pues parecen interferir con el desarrollo normal del cerebro fetal.

- La existencia de otras complicaciones perinatales, llegan incluso a duplicar el riesgo de desarrollar esquizofrenia en la descendencia.

- La edad de los padres parece sugerir que en casos de parejas de edad más avanzada o, menores de 25 años, pueden registrar mayor riesgo de que la esquizofrenia se presente en su descendencia.

- El uso de cannabis y, particularmente, su principio activo Delta-9-tetrahidrocannabinol, también parece conllevar un mayor riesgo de desarrollar esquizofrenia.

- Incluso otros factores como la residencia urbana, el estrés psicosocial, la etnia y la inmigración, se han asociado científicamente con la esquizofrenia.

- De hecho, al estudiar la aparición de la esquizofrenia en inmigrantes africanos o caribeños en el Reino Unido y Holanda, un estudio desarrollado por William Eaton, Glynn Harrison denominado "Ethnic disadvantage and schizophrenia", determinó que éstos tenían tasas de incidencia hasta 10 veces mayores que la población general; aunque también determinó que esas tasas no eran tan elevadas en los inmigrantes de piel no oscura ni en sus descendientes, lo que parece descartar un efecto relacionado con la inmigración y, dado que las tasas de esquizofrenia en sus países de origen tampoco eran superiores, parece ser un fenómeno relacionado con el estrés psicosocial de ser negro en poblaciones blancas.

Al llegar la hora del postre, y mientras Ginette comenzaba a disfrutar su tiramisú, el padre de Isabella se atrevió por fin a formular la pregunta que le venía carcomiendo el cerebro desde hacía varios minutos: - *¿Doctora, existe alguna posibilidad de que esto tenga algo que ver con el trasplante de riñón que recibió nuestra hija hace algunos meses?*

- Esa es una pregunta muy interesante, pero creo que no existe ninguna respuesta científica que yo les pueda ofrecer.

- Como ustedes podrán suponer, no existen estudios clínicos que hayan estudiado el posible traslado de un "gen esquizofrénico" por la vía de un trasplante de órganos.

- Existen estudios de ligamiento que han permitido concluir que, si bien no existe un gen concreto que se asocie de forma indiscutible a la Esquizofrenia, sí hay determinados genes que juegan un papel importante en la aparición de la misma. Sin embargo, para poder estudiar la posible transmisión de dichos genes por la vía de un trasplante, sería necesario disponer de estudios que contrasten la incidencia de la enfermedad entre receptores de órganos provenientes de donadores esquizofrénicos y receptores de órganos de pacientes no esquizofrénicos.

- Esos estudios serían muy difíciles de realizar, pues lo cierto del caso es que los protocolos de donación de órganos de la mayoría de los países del mundo establece como una contraindicación para la donación de órganos, la existencia de trastornos mentales graves como sería, por supuesto, el caso de esquizofrenia.

- En todo caso, yo estoy bastante segura de que nuestro país aplica los criterios sugeridos por el American Kidney Fund y, por tanto, no sería posible que Isabella haya recibido un riñón proveniente de un donador esquizofrénico.

El padre de Isabella agradeció gentilmente la explicación, pero algo en su expresión sugería que la explicación de Ginette no había logrado tranquilizarlo por completo.

Al terminar el postre, Ginette se disculpó por tener que retirarse para atender otra cita y se despidió cariñosamente de la pareja pidiéndoles prestar atención al comportamiento de Isabella, pero sin preocuparse demasiado antes de que ver el resultado de los exámenes que prometió tener listo para el siguiente día.

Al regresar a casa, los padres de Isabella la encontraron compartiendo alegremente un café en la terraza con sus dos amigas más cercanas y sin que nada pareciera sugerir la existencia de algún problema.

La reunión de amigas se prolongó por todo el resto de la tarde y, luego de compartir una cena ligera que la madre de Isabella preparó para ellas, las tres hermosas chicas salieron luciendo sus mejoras galas y abordaron un taxi para dirigirse hasta el "Dragón Azul" donde se presentaba esa noche su amigo del colegio.

A unos pocos cientos de metros de distancia del lugar, el tránsito se tornó absolutamente imposible debido a la gran cantidad de vehículos que trataban de llegar a esa zona de la ciudad, en la cual se concentraban los clubes de moda y los restaurantes más exclusivos. Las chicas decidieron entonces bajar del taxi y caminar el último trecho hasta el Dragón Azul.

Al transitar por un estrecho callejón que permitía acortar el trayecto hasta el club, las chicas se encontraron con un sujeto andrajoso que buscaba algo de utilidad en un enorme contenedor de basura. Entonces, procuraron apresurar el paso para evitar cualquier confrontación, sin percatarse de que, posiblemente, el sujeto estaba mucho más asustado que ellas, temiendo la golpiza que podría recibir si los gorilas de la seguridad privada se enteraban de su presencia en aquella exclusiva zona de la ciudad.

Sin embargo, cuando estaban a punto de franquear el obstáculo representado por el contenedor de basura y su ocupante, Isabella sintió una fuerte punzada en su abdomen que la obligó a detenerse con un gemido de dolor, mientras percibía una extraña fuerza de atracción que provenía de aquel hombre de barro junto al basurero. Posiblemente el sujeto experimentó algo similar pues, aunque la razón le decía que era una pésima idea, trató de acercarse para ayudar a Isabella.

A pesar de que Isabella no percibió ninguna señal de peligro o amenaza en aquel amable sujeto que, evidentemente, trataba de ayudarla, una de sus amigas comenzó a gritar desesperada, ante lo cual no tardaron en aparecer dos enormes agentes de seguridad privada que emprendieron la persecución del hombre de barro que trataba de huir a toda prisa de allí.

Tan pronto como el sujeto andrajoso se perdió de vista, Isabella recuperó el aliento y comenzó a recriminarle fuertemente a su amiga por su falta de sensibilidad que, posiblemente, tendría como consecuencia una fuerte paliza para aquel pobre sujeto. Ella la miró de vuelta con un tono de reproche, pues no lograba comprender cómo su amiga no lograba apreciar que ella acababa de salvarla.

Sin intercambiar una palabra más, las amigas completaron con prisa su trayecto hasta el Dragón Azul, donde disfrutaron bailando y bebiendo hasta las dos de la mañana cuando Isabella dijo que se sentía cansada y quería irse a dormir. La amiga con la cual se había presentado la discusión indicó que ella se quedaría disfrutando un poco más, para lo cual ya había coordinado con otro amigo del colegio para que la acercara hasta su casa al terminar la fiesta.

Cuando Isabella volvió a casa, se apresuró a saludar a sus padres que estaban viendo una película en la sala mientras esperaban su regreso y se retiró rápidamente a su habitación argumentando que estaba exhausta y a punto de caerse del sueño.

Rápidamente fue cayendo en un estado de somnolencia y, una vez más, experimentó extraños sueños en los cuales se veía a sí misma deambular por las calles de los suburbios, y ocultándose entre los arbustos como si estuviese acechando a alguien.

Al despertar la mañana siguiente, sus brazos le dolían como si hubiese realizado un esfuerzo físico importante y, junto a la cama, se encontraba un trozo de madera de tamaño considerable, el cual estaba manchado de sangre.

Cuando bajó para desayunar poco antes del mediodía, su madre la esperaba sentada en la mesita del comedor con su rostro marcado por la angustia y la preocupación.

Al preguntarle qué ocurría, la madre de Isabella le habló con desconcierto: - *Hace un par de horas me llamaron los padres de tu amiga Natalia para comentarme que ella sufrió una agresión esta madrugada y se encuentra hospitalizada en la Clínica San Rafael.*

- Afortunadamente, ella está fuera de peligro, pero sufrió una fuerte golpiza, aparentemente con un bate de madera u otro objeto similar, y tiene tres costillas rotas y un brazo fracturado, así como una luxación de la mandíbula y fractura del pómulo que va a requerir de muchas semanas de recuperación.

- ¿Pero tienes idea de quién pudo haberle hecho algo así?, se apresuró a preguntar Isabella.

- Lamentablemente, no hay nada claro sobre eso. Parece ser que cuando ella se fue a su casa, un par de horas después que tú y Sofía, alguien la estaba acechando en los arbustos que están donde inicia el camino de losetas que completa los últimos 25 metros hasta la puerta de su casa y, cuando ella se

despidió del amigo que la había llevado a casa y avanzó unos pocos pasos desde la entrada, alguien la golpeó por la espalda con un objeto contundente y, cuando procuró interponer sus manos para defenderse, sólo consiguió que le fracturaran el brazo y así empezó la paliza que ahora la tiene en el hospital.

- ¿Pero acaso ella no logró ver a su agresor?, preguntó nuevamente Isabella.

- Tristemente no. Sólo logró identificar que se trataba de alguien de tamaño mediano, de contextura delgada y que utilizaba una máscara de hockey como la del disfraz de Jason que tú usaste para la celebración de Halloween del año pasado.

Pobre Natalia, esperemos que se recupere pronto. Ojalá puedas llevarme esta tarde a la clínica para visitarla. Concluyó Isabella, antes de levantarse de la mesa para servirse un tazón de cereal.

Esa tarde cuando Isabella y su mamá visitaron la Clínica San Rafael para visitar a Natalia, se encontraron con una inesperada sorpresa. Cuando se dirigían hacia la cafetería para tomar un café luego de la hora de visita, Isabella y su madre pudieron observar que, hacia el final de un pasillo lateral, el padre de Isabella parecía discutir acaloradamente con un sujeto que la madre de Isabella pudo identificar como el Dr. Sibaja, el nefrólogo que se había encargado de gestionar todo el proceso preparatorio para el trasplante de riñón de Isabella.

Al verse reconocido por su familia, el padre de Isabella se apresuró a despedirse de manera poco cordial del Dr. Sibaja y fue a reunirse con ellas preguntándoles qué las había traído esa tarde a la clínica. La madre de Isabella le relató entonces la tragedia que había sufrido Natalia, a lo que él reaccionó con sorpresa y preocupación, formulando múltiples preguntas que su esposa respondió mientras compartían un capuchino en la cafetería.

La madre de Isabella le preguntó entonces qué hacía él allí, y él respondió que había decido aprovechar que un cliente le había cancelado una reunión en el bufete, para realizarse su chequeo anual de la próstata.

La madre de Isabella no quedó muy conforme con esa respuesta, no sólo por la forma en que su marido había titubeado antes de poder articularla, sino también porque tenía claro que ella había tenido que presionarlo hasta el cansancio hacía poco menos de seis meses, para realizarse ese examen que él siempre buscaba postergar.

Cuando él regresó a casa poco antes de la hora de la cena, pudo percibir claramente el tono de crispación que acompañaba cada palabra que le dirigía su mujer, y comprendió que no podría evitar brindarle una explicación honesta, una vez que ambos se retiraran a su habitación para dormir.

Cuando llegó la hora de rendir cuentas, el padre de Isabella no tenía el valor de mirar a su esposa a los ojos y, con la voz entrecortada por la tristeza y la vergüenza, le confesó que cuando la salud de Isabella comenzó a empeorar por la insuficiencia renal y la fila de trasplantes parecía avanzar muy lentamente, el Dr. Sibaja le había comentado acerca de la posibilidad de adquirir un riñón en el mercado negro, a lo cual él había finalmente accedido, pactando una gratificación de ciento veinticinco mil dólares que había sido cubierta con el presupuesto de gastos confidenciales del bufete. Por tal motivo, esta tarde había decidido visitar la clínica para corroborar si el donador del riñón de Isabella había sido sometido al protocolo de verificación sugerido por el American Kidney Fund, ante lo cual el Dr. Sibaja le había indicado que si persistía en su intención de averiguar más sobre el tema, lo único que podría conseguir sería el asesinato de ambos y, posiblemente, el secuestro y desaparición de Isabella, pues ese tipo de personas no acostumbraba a dejar cabos sueltos.

Mientras el padre de Isabella avanzaba en su relato, su esposa lo contemplaba horrorizada, incapaz de procesar toda aquella información para efectos de definir sus sentimientos. Al otro lado de la puerta, Isabella también escuchaba estupefacta, tratando de reprimir el sentimiento de repudio hacia su padre, mientras sus mejillas se llenaban de lágrimas de impotencia.

Cuando Isabella dejó de escuchar los sollozos de sus padres y supuso que se habrían al fin dormido, regresó a su habitación, buscó en una gaveta de su armario la máscara de Jason que por cierto parecía tener algunos manchas de sangre relativamente recientes, sacó de debajo de su cama el garrote de madera y, esta vez absolutamente consciente, salió sigilosamente por la puerta trasera y recorrió apresuradamente los tres kilómetros que la separaban de la casa del Dr. Sibaja.

Una vez allí, logró ingresar a la residencia aprovechando la rama de un árbol del jardín trasero que se extendía muy cerca de una ventana del segundo piso y, cuando el Dr. Sibaja dormía plácidamente en compañía de una de las enfermeras de la clínica, tomó el pesado garrote de madera y le propinó un fuerte golpe que le fracturó en varias partes su nariz y le hizo perder parcialmente el sentido.

Despertando sobresaltado y aturdido a la vez por el dolor, el Dr. Sibaja no atinó a evitar un segundo garrotazo, mientras que su acompañante huía horrorizada, escapando en ropa íntima por la puerta principal de la casa.

Luego de someter definitivamente a su adversario con una docena de golpes adicionales, Isabella se dedicó a revisar con detenimiento la casa, hasta que encontró en el estudio la computadora personal del Dr. Sibaja y alrededor de una docena de expedientes dentro de los cuales se encontraba uno con su nombre escrito en él y en los cuales se encontraban archivados diferentes documentos relacionados con la gestión de órganos para trasplantes.

Al regresar a su casa, Isabella pudo revisar con atención varios de los expedientes, identificando como común denominador la existencia de transferencias bancarias por un monto promedio de cincuenta mil dólares y a favor del mismo sujeto. Luego utilizó su computadora para ver si podía encontrar algo en internet sobre el destinatario de las transferencias, y descubrió horrorizada que se trataba de un sujeto que era buscado por la policía como presunto responsable de retener contra su voluntad a una pareja de indigentes que, afortunadamente había logrado escapar luego de que el lugar en que los mantenían cautivos se hubiese incendiado el mes anterior.

Incapaz de sobreponerse a esa desgarradora información, Isabella irrumpió en la habitación de sus padres y le asestó un fuerte garrotazo al abdomen de su papá, que lo hizo despertar de inmediato retorciéndose del dolor.

Luego encendió la luz y, mientras sus padres contemplaban perplejos a aquel personaje que se asimilaba tanto a la descripción del sujeto que había agredido a Natalia, Isabella retiró la máscara de su rostro, arrojó sobre la cama los expedientes que había extraído de la casa del Dr. Sibaja y le habló a su padre con autoridad: - *Mañana mismo vas a presentarte ante las autoridades para denunciar este caso o, de lo contrario, tendrás que atenerte a las consecuencias.*

Al terminar esta frase abandonó la habitación azotando la puerta al salir, y se fue a dormir plácidamente.

Sus padres nunca lograron estar seguros de si la temible presencia que se había aparecido esa madrugada en su habitación correspondía en realidad a su adorada Isabella o si, por el contrario, se trataba de una nueva manifestación esquizofrénica.

En todo caso, su padre cumplió a cabalidad con el mandato recibido y, luego de ordenar adecuadamente los expedientes para garantizar el mejor resultado posible de la investigación, se entregó a la fiscalía asumiendo su responsabilidad por haber sido partícipe del delito de tráfico de órganos y ofreciendo colaborar en todo lo que estuviese a su alcance para identificar a todos los demás involucrados.

La información recabada en los expedientes y la computadora del Dr. Sibaja, permitió desarticular una extensa red de tráfico de órganos que involucraba a distinguidos profesionales de la medicina y prestigiosos miembros de la sociedad. La colaboración del padre de Isabella le permitió recibir una sentencia reducida de cinco años de cárcel, que él aceptó como justa penitencia por su comportamiento.

A pesar de que los expedientes nunca permitieron identificar con certeza a los "donadores" de los órganos involucrados en la red de tráfico ilegal, Isabella no tardó mucho tiempo para que su instinto la llevara a encontrarse nuevamente con aquel sujeto al que había conocido junto al contenedor de basura en las cercanías del Dragón Azul y que, en lo profundo de sus entrañas, había podido identificar como parte de su existencia.

Cuando se presentó la oportunidad, Isabella conversó ampliamente con él, disculpándose por haber sido la causa de que lo hubiesen despojado tan vilmente de su riñón y contándole los pormenores del proceso que se encontraba en marcha para tratar de dar con los responsables de tal atrocidad.

El sujeto, que se presentó cortésmente como Francisco, le hizo ver que no guardaba ningún resentimiento hacia ella y que, de haber sabido que la donación de su riñón le serviría para conocer y ayudar a alguien tan gentil como ella y para ayudar a detener a los malditos que se enriquecían mutilando a los pocos amigos que le quedaban, no habría dudado un instante para ofrecerlo gustosamente.

Isabella lo abrazó conmovida y le dio un beso en la mejilla. Luego extrajo múltiples recipientes de una bolsa que había traído consigo y los dos extraños amigos compartieron una comida caliente, sentados en la acera frente al ayuntamiento.

Al despedirse, Isabella le prometió que siempre lo recordaría con cariño y pediría a Dios por su bienestar. Francisco le agradeció por compartir su tiempo con él y por haberlo hecho sentir una vez más como ser humano.

En un abrir y cerrar de ojos, habían transcurrido cinco años desde que Isabella se había marchado a la universidad y ya estaba a punto de graduarse en la facultad de ingeniería. El inquilino seguía allí, pero ahora sólo se hacía presente para advertirle de algún peligro inminente, o brindarle una palabra de aliento cuando ella verdaderamente lo necesitaba.

En cada una de esas ocasiones, Isabella agradecía a Dios por haber puesto en su camino a aquel maravilloso hombre de barro que un día había sido despojado cruelmente de su riñón y que, cuando finalmente tuvo la oportunidad de decidir, no dudó un instante en obsequiárselo libremente para que ella pudiese continuar con su vida.

Made in the USA
Middletown, DE
21 November 2023